채널마스터

CHANNEL MASTER

채널마스터 13
CHANNEL MASTER

한태민 현대 판타지 장편소설

초판 1쇄 찍은 날 | 2019년 3월 21일
초판 1쇄 펴낸 날 | 2019년 3월 28일

지은이 | 한태민
펴낸이 | 예경원

기획 | 위시북스
편집책임 | 이규재
편집 | 위시북스

펴낸곳 | 예원북스
등록번호 | 제396-2012-000132호
등록일자 | 2012. 7. 25
KFN | 제1-387호

주소 | 경기도 고양시 일산동구 호수로 646-24 위너스21 II 빌딩 206A호 (우)10401
전화 | 031-819-9431 팩스 | 031-817-9432
E-mail | yewonbooks@naver.com

ISBN 979-11-6424-191-0 04810
979-11-6098-760-7 (set)

※ 이 도서의 국립중앙도서관 출판시도서목록(CIP)은 서지정보유통지원시스템 홈페이지(http://seoji.go.kr)와 국가자료공동목록시스템(http://www.nl.go.kr/kolisnet)에서 이용하실 수 있습니다.

한태민 현대 판타지 장편소설

채널마스터

CHANNEL MASTER

SECURITY

CONTENTS

CHAPTER 1

한수는 문자를 보고 눈을 휘둥그레 떴다.

다급히 전화를 걸었지만 애쉴리의 휴대폰은 꺼져 있었다.

'아니, 갑자기 왜……'

한수는 당혹스러운 얼굴로 재차 문자를 확인했다.

하지만 그녀가 오후 1시까지 로스앤젤레스로 오겠다고 한 건 분명한 사실인 듯했다.

그는 인터넷에 접속해서 항공편을 조회했다.

프랑스 파리 샤를 드골 공항에서 출발한 에어 프랑스(Air France) AF 066편 비행기가 12시 50분에 로스앤젤레스 국제공항에 도착할 예정이었다.

어차피 한수는 오후 9시에 비행기를 타고 샌프란시스코 국제공항으로 이동했다가 그곳에서 다시 인천국제공항으로 들어갈 예정이었지만 갑자기 애쉴리가 온다는 말에 급히 일정을 바꿔야 하나 고민이 되었다.

하지만 일단 그 무엇도 확정 지을 수 없는 상황인 탓에 한수로서는 어쩔 방법이 없었다.

애쉴리를 만난 다음 결정을 해야 할 듯했다.

그때 제니퍼 로렌스가 따뜻한 커피를 가져왔다. 아메리카노였다.

그녀가 웃으며 한수에게 커피를 내밀었다.

"드세요. 맛있을 거예요."

"감사합니다. 저 그런데 맷하고 벤은……."

"두 분은 집에 돌아가셨어요."

"예?"

왜 자신은 이곳에 두고 둘이서만 돌아갔단 말인가.

제니퍼 로렌스가 어색한 얼굴로 말했다.

"그게…… 두 분은 한스 씨를 까맣게 잊어버린 거 같더라고요."

"……하하."

아무래도 만취한 그들은 한수라는 존재를 새까맣게 잊은 모양이었다.

그렇다고 그들을 탓할 수도 없는 노릇이었다. 그들이 비운 와인과 양주만 해도 엄청난 양이었으니까.

한수는 제니퍼 로렌스가 만들어다 준 브렉퍼스트를 빠른 속도로 해치운 다음 침대에서 나왔다.

서두르는 그 모습에 제니퍼 로렌스가 걱정스러운 얼굴로 물었다.

"비행기를 놓친 건가요?"

"그건 아니고 급히 공항으로 가 봐야 할 거 같아서요. 미안해요, 제니퍼."

"무슨 일 있나요?"

"……그게 여자친구가 공항으로 오고 있다네요."

"네? 제가 알기로 애쉴리 씨는 파리에서 패션쇼 때문에 바쁘다고 들은 거 같은데……."

"그러게요. 저도 지금 영문을 모르겠네요. 패션쇼가 취소된 건지 아니면 그녀가 중간에 나온 건지 모르겠지만 어쨌든 비행기를 타고 이곳에 오고 있는 건 맞는 거 같아 보여요. 그래서 지금 공항에 나가보려고요. 12시 50분에 로스앤젤레스 국제공항에 도착하는 거 같더라고요."

"……시간이 얼마 없네요. 알았어요. 그럼 다음에 촬영장에서 봐요."

제니퍼 로렌스가 못내 아쉬운 얼굴로 말했다.

아무래도 그녀는 한수와 무언가 하고 싶은 이야기가 더 남아 있는 모양이었다.

한수도 그런 그녀 생각을 읽을 수 있었다.

그러나 지금은 공항으로 오고 있는 애쉴리가 더 중요했다.

그렇게 제니퍼 로렌스의 집을 빠져나온 뒤 한수는 벤 애플렉의 집으로 돌아왔다.

그리고 그는 여전히 술기운에서 허우적거리고 있는 맷 데이먼을 일으켜 세웠다.

"맷, 부탁이 있어요."

"부탁? 으음, 뭔데?"

"렌트카 좀 빌릴게요."

"어? 렌트카? 그건 왜?"

"애쉴리가 지금 공항으로 오고 있다네요. 씻고 바로 나가보려고요."

"뭐? 네 여자친구? 같이 갈까?"

맷 데이먼도 깜짝 놀란 듯 자리에서 벌떡 일어났다.

한수가 손사래를 쳤다. 그는 아직도 술기운이 남아 있는 듯 보였기 때문이다.

그리고 한수는 곧장 공항을 향해 빠르게 액셀을 밟았다.

씻고 이런저런 준비를 하는 사이 오후 12시 50분까지 남은 시간은 이십 분 남짓이었다.

주차장에 차를 주차해 놓은 뒤 한수는 로스앤젤레스 국제공항 안으로 뛰어들어 왔다.

키 크고 훤칠한 데다가 딱 봐도 연예인인 게 티가 나는 한수 모습에 사람들이 웅성거리기 시작했다.

특히 동양인들이 한수를 제일 먼저 알아봤다.

로스앤젤레스 국제공항으로 들어온 여행객들도, 비행기를 타고 이제 다른 곳으로 떠나려는 여행객들도 한수를 알아보기 시작했다.

그러면서 자연스럽게 한수를 둘러싸고 커다란 원이 생겨났다.

한편 한수는 입국장 앞에 도착해서 휴대폰을 확인했다.

여전히 그녀는 통화가 걸리지 않고 있었다.

시간은 오후 1시 10분.

슬슬 그녀가 입국장으로 들어올 시기였다.

그때 전화가 걸려왔다. 애쉴리였다.

"애쉴리?"

-한스! 어디야?

"너야말로 어디야? 입국한 거 아니야?"

-지금 입국장 막 들어서고 있어.

그리고 한수는 늘씬한 모델이 입국장으로 들어오는 모습을 볼 수 있었다.

한눈에 봐도 그녀는 애쉴리가 분명해 보였다.

그 정도로 눈부신 미모에 저렇게 늘씬한 키의 여자가 또 공항으로 들어올 리가 없었다.

애쉴리는 한수를 발견하자마자 전화를 끊고는 그에게 안겨들었다.

한수가 그런 그녀를 품에 끌어안았다.

그러는 동안 곳곳에서 카메라 플래시가 터지고 있었다.

한수는 자신과 애쉴리가 포옹하고 있는 장면을 찍고 있는 사람들을 둘러봤다.

대부분 동양인이었고 개중에는 백인도 더러 있었다. 그리고 할리우드하고 라스베이거스에서 내내 쫓아다니던 파파라치들도 보였다.

한수가 눈살을 찌푸렸다.

그렇지만 지금으로서는 애쉴리를 이렇게 볼 수 있다는 것만으로도 기쁜 일이었다. 하지만 짚고 넘어가야 할 문제도 있었다.

한수가 애쉴리를 살짝 떼어낸 다음 그녀에게 물었다.

"어떻게 된 거야? 파리 패션쇼 아직 남아 있는 거 아니었어?"

"아니야, 패션쇼는 이미 다 끝났어."

"어? 그러면?"

"다른 패션쇼 때문에 소속사하고 이야기 중이었어. 그러다가 한스가 로스앤젤레스에 있다는 소식 듣고 그냥 무작정 건너왔어."

한수는 멋쩍은 얼굴로 애쉴리를 바라봤다.

그녀 말에 한수는 코끝이 살짝 찡했다.

남자친구를 보고 싶어서 무려 열 시간이 넘는 비행을 급작스럽게 강행한 그녀다.

그런데 얼마 전 되레 자신은 그녀를 의심했으니 그때 그녀를 의심했던 게 미안하기만 했다.

한수가 속으로 미안해할 때 애쉴리가 한수의 팔짱을 끼며 물었다.

"언제 귀국이야?"

그녀는 한수가 오늘 귀국한다는 걸 알고 있었다.

그런데도 불구하고 파리에서 로스앤젤레스까지 건너왔다.

그래서 한수가 더 미안해한 것이기도 했다.

"오늘 아홉 시 비행기야."

"그래? 그럼 나도 같이 갈까?"

"뭐?"

한수가 놀란 얼굴로 애쉴리를 쳐다봤다.

애쉴리가 웃으며 말했다.

"사실 나는 아직 한 번도 한국에 가 본 적이 없거든. 그래도 내 남자친구가 태어난 곳인데 어떤 곳일지 무척 궁금해. 이번에 자기 한국 들어갈 때 나도 같이 가 보면 안 될까?"

한수는 그 말에 곰곰이 생각을 정리했다.

애쉴리를 데려가는 건 아무 문제 없었다. 하지만 한수는 귀국하자마자 각종 스케줄을 소화해야만 했다. 그것 때문에 눈코 뜰 새 없이 바쁠 것으로 예상되고 있었다.

촬영장마다 애쉴리를 데리고 다닐 수는 없는 일이었다.

그 점이 우려스러웠다.

한수가 그 점을 애쉴리에게 물었다.

"한국에 내가 쉬러 가는 것도 아니고 어디까지나 일 때문에 가는 거라서 챙겨주지 못할 텐데 그래도 괜찮겠어? 어쩌면 하루 종일 내 집에 있어야 할지도 몰라."

걱정스러워하는 한수와 달리 그녀는 주저 없이 대답했다.

"응, 괜찮아."

"어? 정말?"

"응, 마침 쉬고 싶기도 했거든. 하루 종일 패션쇼 때문에 제대로 먹지도 못하고 늘 런웨이에 서고…… 어차피 오늘 한스 만나러 온 것도 쉬러 온 거라서. 이왕 이렇게 된 거 같이 한국 들어가서 쉴 수 있었으면 더 좋겠어."

"그래?"

고민하던 한수가 고개를 끄덕였다.

"그래, 그렇게 하자."

그리고 그는 데스크로 향했다.

그런 다음 오늘 오후 9시에 인천국제공항으로 출발하는 국적기 비행편을 한 자리 더 예약했다.

이코노미석은 매진된 지 오래였지만 일등석은 아직 좌석에 여유가 남아 있었다.

비행기 표를 구매한 뒤 애쉴리가 한수를 보며 물었다.

"이제 어떻게 할 거야?"

"일단 베벌리힐스로 돌아가자. 캐리어는 아직 벤의 집에 있거든."

"벤? 벤이 누군데?"

"벤 애플렉. 어제 하룻밤 신세 졌어."

물론 정확히 말하면 하룻밤 신세 진 건 벤 애플렉이 아니라 제니퍼 로렌스였지만 굳이 그걸 곧이곧대로 이야기할 필요는 없었다.

그리고 두 사람은 곧장 차를 재차 타고 벤 애플렉의 집으로 향했다.

아직 비행기를 타기까지는 못해도 다섯 시간 정도 여유가 남아 있었다.

두 사람이 재차 벤 애플렉의 집에 도착했다.

그 전까지만 해도 한창 단잠에 빠져 있던 두 사람은 잠에서 깬 뒤였다.

눈에 띌 정도로 아름다운 미녀가 나타나자 벤 애플렉과 맷 데이먼이 깜짝 놀란 얼굴로 입을 열었다.

“한스! 어디서 이렇게 아름다운 분을 데려온 거야?”

“공항에서요. 하하. 인사해. 이쪽은 맷 데이먼, 이쪽은 벤 애플렉. 두 분 다 모두 좋은 분이야.”

“안녕하세요. 애쉴리예요. 이렇게 할리우드에서 유명한 배우분들을 만날 수 있게 되어 영광이에요.”

“영광은 무슨……. 그래도 미녀분께서 영광이라고 하니까 기분이 나쁘지 않네요.”

벤 애플렉이 능청스러운 얼굴로 말했다.

애쉴리도 그 말에 웃으며 대답했다.

“미녀라고 해주셔서 고마워요. 그래도 주변에 할리우드 여배우들이 많지 않으신가요?”

“뭐, 그건 그렇지만 제가 볼 때는 애쉴리 양이 더 예쁜 거 같아서요. 하하.”

“음, 저도 이 녀석 의견에 동감입니다.”

맷 데이먼도 웃어 보였다.

그때 벤 애플렉이 한수를 보며 물었다.

“아, 한스. 점심은 먹었어? 안 먹었으면 간단히 뭐라도 만들어주지. 애쉴리는 뭐 먹었어요?”

“아까 비행기에서 기내식을 먹긴 했는데 솔직히 간에 기별도 안 차네요. 호호.”

“좋아요. 그럼 제가 간만에 솜씨를 부려보도록 하죠.”

벤 애플렉이 어깨를 으쓱거렸다.

그 말에 한수가 어색한 얼굴로 웃음을 흘렸다.

그럴 수밖에 없었다.

한수는 공항에 갔다 오기 전 제니퍼 로렌스의 집에서 토스트와 계란 스크램블, 베이컨 등으로 끼니를 때웠었다.

그러나 벤 애플렉이나 맷 데이먼, 둘 다 그 사실을 전혀 모르고 있었다.

졸지에 한 번 더 점심을 먹어야 하는 상황이었다.

결국 벤 애플렉이 재차 실력을 발휘했다.

그러나 그가 만든 것도 스크램블과 토스트, 베이컨이었다.

아무래도 할리우드 톱스타들이 브렉퍼스트로 좋아하는 건 스크램블과 베이컨, 그리고 토스트인 모양이었다.

결국 한수는 같은 메뉴로 다시 한번 끼니를 때울 수밖에 없었다.

그렇게 한수가 배부른 와중에도 다시 한번 배 안을 채우고 있을 때 애쉴리가 맷 데이먼과 벤 애플렉을 보며 물었다.

"어제저녁도 미스터 애플……."

"벤이라고 부르세요, 애쉴리."

"예, 벤 씨가 직접 준비하신 거예요?"

벤 애플렉이 그 말에 고개를 저으며 말했다.

"아닙니다. 어제는 한스가 저녁을 준비했어요. 홈파티를 했……."

"예? 홈파티요? 남자 세 분이서 홈파티를 하신 건가요?"

맷 데이먼이 한심하다는 눈빛으로 벤 애플렉을 바라봤다.

벤 애플렉이 당황해하며 말했다.

"그, 그게 아니라 저…… 음, 이웃집에서 초대를 해주셔서요."

"이웃집요?"

애쉴리의 눈이 동그래졌다.

이곳은 베벌리힐스. 유명 할리우드 배우들이 많이 사는 동네다.

벤 애플렉과 친하게 지내는 사람이라면 그 역시 배우일 가능성이 농후하다.

그리고 남자보다는 여자일 터.

홈파티를 열었다고 했으니 말이다.

애쉴리는 이내 살짝 싸늘하게 굳은 얼굴로 한수를 보며 물었다.

"한스, 누구하고 홈파티를 한 거야?"

한스는 그 말에 고개를 숙였다.

맷 데이먼과 벤 애플렉이 오늘따라 이렇게 원망스러울 수가 없었다.

그것도 잠시 한수는 재빨리 대답했다.

괜히 시간을 질질 끌어봤자 더 큰 오해만 사리라는 걸 본능적으로 알고 있었기 때문이다.

“제니퍼 로렌스가 집으로 초대해서 그 집에서 홈파티를 했었어.”

“누, 누구?”

“제니퍼 로렌스. 이번에 나하고 같이 영화에 출연하기로 한 여배우.”

“누군지 알지. 근데 진짜 제니퍼 로렌스 집에 초대된 거야?”

“응, 바로 옆집이야.”

“……대박.”

애쉴리는 그 말에 눈을 휘둥그레 떴다. 그리고 그녀가 이런 저런 것들을 캐물었다.

“그럼 네 명이서 홈파티 했던 거야?”

“그건 아니고 엠마 스톤하고 엠마 왓슨, 엘리자베스 뱅크스도 있었어.”

“와…….”

한 명, 한 명 그 이름값만 해도 엄청난 배우들이다.

특히 엠마 스톤과 엠마 왓슨은 제니퍼 로렌스와 더불어 할리우드에서도 S급에 속하는 여배우들이다.

그들 한 명, 한 명이 움직일 때마다 천문학적인 개런티가 함께 움직인다는 이야기마저 있을 정도다.

그런 여배우들과 홈파티를 열었다는 말에 애쉴리가 눈매를 좁혔다.

"좋았겠네. 다들 어땠어? 많이 예쁘지?"

"응? 아니, 네가 제일 예쁘지."

"진짜? 거짓말하는 거 아니지?"

"응, 네가 제일 예뻐."

"그래? 흐응, 알았어. 오빠가 그렇다면 그런 거겠지?"

한수는 고개를 끄덕이며 속으로 한숨을 내쉬었다.

그녀의 유도신문에 속아 넘어갈 뻔했지만 무사히 넘어갈 수 있었다.

그렇게 제니퍼 로렌스의 집에서 홈파티를 열었던 건 소소한 해프닝으로 끝이 나는 줄 알았다.

문제는 그다음 일이었다.

띵동-

그들이 브렉퍼스트를 먹고 뒷정리를 하려 할 때 초인종 소리가 들렸다.

벤 애플렉이 한수에게 소리쳤다.

"한스! 밖에 나가서 누군지 좀 봐줘."

바쁘게 움직이는 두 사람과 달리 할 일이 없었던 한수가 대문으로 향했다.

애쉴리도 그 뒤를 쫓았다.

그리고 문을 열었을 때 한수는 낯익은 얼굴을 볼 수 있었다.

그녀가 어색한 얼굴로 인사를 건넸다.

"한스, 아직 있었네요?"

"아, 제니퍼……."

한수가 당황한 얼굴로 그녀를 바라봤다.

그때 제니퍼 로렌스가 한수 뒤에 서 있는 애쉴리를 발견했다.

그녀가 웃으며 인사를 건넸다.

"당신이 애쉴리겠군요? 반가워요, 애쉴리. 제니퍼 로렌스예요."

"정말 영화에서 보던 그대로 미인이세요. 아차, 인사가 늦었네요. 애쉴리 메릴이에요. 편하게 애쉴리라고 불러주세요."

그렇게 두 여자가 뻴쭘한 표정으로 인사를 나눴다.

그때 한수가 제니퍼 로렌스를 보며 물었다.

"제니퍼, 무슨 일 있어서 온 거 아니에요? 혹시 벤이나 맷을 보러 온 거예요?"

"그건 아니고 한스 씨가 놓고 간 게 있어서……."

"예? 제가요?"

한수가 의아한 얼굴로 그녀를 바라봤다.

제니퍼 로렌스가 애쉴리를 슬쩍 보다가 조심스럽게 말했다.

“나중에 가져다 드릴 수도 있어요.”

“예? 아뇨, 괜찮아요. 어차피 저 이따가 귀국해야 해서요.”

“아, 그게, 그러니까…….”

머뭇거리던 제니퍼가 한수에게 내민 건 양말 한 켤레였다.

한수가 당혹스러운 얼굴로 물었다.

“이건 제 거 아닌데요?”

“네? 한스 씨가 놓고 간 거 아니었어요? 아침에 무척 바쁘게 나가시다가 놔두고 간 줄 알고…….”

그때였다. 벤 애플렉이 대문으로 걸어 나왔다.

그가 의아한 얼굴로 제니퍼 로렌스를 보며 물었다.

“제니퍼, 그거 내 양말 같은데 왜 제니퍼가 갖고 있어?”

제니퍼 로렌스가 착각해서 가져온 건 벤 애플렉의 양말이었다.

다른 사람들이 벤 애플렉을 쳐다봤다.

벤 애플렉이 멋쩍게 웃었다.

“나도 모르게 술에 취해서 양말을 벗고 나왔나 봐. 미안.”

“…….”

제니퍼 로렌스는 새빨개진 얼굴로 황급히 도망치듯 빠져나갔다.

벤 애플렉은 싸늘해진 분위기를 느끼며 조심스럽게 양말을 쥔 채 다급히 사라졌다.

마당에 남은 건 한수와 애쉴리 두 명뿐이었다.

애쉴리가 한수를 보며 물었다.

"아까 제니퍼가 한 이야기, 무슨 말이야?"

"그게……."

방금 전 홈파티 같은 경우는 대수롭지 않게 넘길 수 있었다.

미국에서 홈파티는 늘 있는 일이기 때문이다. 그러나 제니퍼 로렌스가 무심결에 하고 간 이야기는 경우가 조금 달랐다.

분명 아침에 한수가 바쁘게 움직이다가 놔두고 갔다고 이야기했기 때문이다.

그 의미인즉슨 한수가 제니퍼 로렌스의 집에서 잤다는 걸 밝혀 버린 셈이었다.

애쉴리가 이렇게 화를 낼 이유는 충분히 있었다.

"그러니까 어제 새벽까지 술을 마시다가 술에 취해서 잠들었는데 그만 제니퍼의 집에서 자버렸어. 맷하고 벤이 챙겨줄 줄 알았는데 내가 있는 걸 까먹었다고 하더라고."

"……제니퍼 로렌스 집에서 잤다고?"

"별일 없었어. 어차피 그녀 집에는 침실이 열한 개 정도 있어서."

"그게 문제가 아니잖아! 어떻게 그녀 집에서 하룻밤을 자고

올 수 있냐고!"

미국이라고 해서 성적 관계에 개방적인 건 아니다.

어디까지나 이건 케이스 바이 케이스(Case by case).

경우에 따라 다 다르다는 이야기다.

한수가 솔직하게 그녀를 보며 사과했다.

"미안해. 일부러 그런 건 아니었어."

"……됐어."

그러나 애쉴리는 한동안 화가 풀릴 것 같지 않았다.

한수는 캐리어를 꼼꼼하게 챙겼다. 그동안 애쉴리는 마치 얼어붙은 듯 말 한마디 없이 냉랭해져 있었다.

이미 비행기 티켓까지 끊어놨으니 한수를 쫓아 한국에 갈 생각인 듯했지만 한동안 냉랭한 분위기는 계속될 모양이었다.

그러나 한수 입장에서는 유구무언이었다.

입이 열 개라도 할 말이 없는 상황이었다.

그렇게 한수가 캐리어를 다 싼 뒤 맷 데이먼이 직접 운전대를 잡았다.

그가 직접 두 사람을 로스앤젤레스 국제공항까지 태워다 주기로 한 것이었다.

렌트카를 타고 로스앤젤레스 국제공항으로 이동하면서 맷 데이먼이 애써 두 사람 사이의 분위기를 나름 완화시키려고 애썼다.

하지만 여전히 분위기는 싸늘하기만 했고 좀처럼 풀릴 기미가 보이지 않고 있었다.

그렇게 렌트카가 로스앤젤레스 국제공항에 도착한 뒤 맷 데이먼이 아쉬운 얼굴로 한수를 보며 말했다.

"다음 촬영할 때 보자고. 조심해서 들어가."

그와 함께 로스앤젤레스 및 라스베이거스를 돌며 나름 재미있는 경험을 했고, 그 이후 벤 애플렉을 비롯해 엠마 왓슨이나 엠마 스톤 등 할리우드 여배우와 친해질 수 있었다.

한수가 웃으며 인사를 건넸다.

"고마워요, 맷. 다음에 또 봐요."

"그래. 여자친구 화 좀 잘 풀어주고. 정 안 되면 면세점에서 다이아몬드 반지 하나 사서 청혼해 버려."

"예?"

"하하, 그게 가끔 직빵으로 잘 먹히기도 하거든."

맷 데이먼이 떠난 뒤 한수가 애쉴리를 보며 물었다.

"내가 정말 미안해."

"……그쯤 하면 됐어. 대신 다음부터 안 그러면 돼."

"응, 슬슬 가자."

한수가 애쉴리의 손을 잡았다.

그리고 두 사람은 캐리어를 수화물로 부친 뒤 곧장 로스앤젤레스 국제공항 안으로 들어섰다.

한편 박 대표는 한수가 귀국할 때 맞춰서 황 피디를 만나고 있었다.

박 대표가 만나자고 한 게 아니라 황 피디가 박 대표를 만나자고 먼저 이야기를 꺼낸 것이었다.

이미 「하루 세끼」 시즌 3는 물 건너간 상태였다.

못해도 두 달 정도 촬영 시간이 소요될 텐데 그 촬영 시간이 한수에게는 없었기 때문이다.

이미 다음 주부터 한수는 무대 인사를 비롯해 예능 프로그램 촬영 일정이 빽빽하게 잡혀 있는 상태였다.

그런 탓에 갑작스럽게 자신을 만나고자 한 황 피디의 저의를 박 대표 입장에서는 도통 헤아리기 어려웠다.

박 대표는 회사 인근에 있는 커피숍에서 황 피디를 단둘이 마주했다.

"황 피디님, 무슨 일이시죠?"

"예, 박 대표님. 다른 건 아니고 한수 씨 일 때문입니다."

박 대표가 그 말에 쩔쩔매며 입을 열었다.

"저번에도 말씀드렸지만 「하루 세끼」는 촬영이 당장 어렵습니다. 그리고 무대 인사 때문에 일정이 촉박합니다. 거기에 예능 프로그램도 두어 개 정도 촬영하기로 해서 세부 사항을 조율 중이고요."

"그 예능 때문에 말씀드리는 겁니다. 혹시 한수 씨가 어떤 예능 프로그램에 출연하기로 확정 지었는지 알 수 있을까 해서요."

"일단 「전설의 명곡」은 출연을 확정 지었습니다."

황 피디가 고개를 끄덕였다.

한수와 서현이 나온 영화는 음악을 중심으로 한 영화다.

당연히 음악 프로그램에 나와야 한다.

「전설의 명곡」은 그런 점에서 꽤 좋은 프로그램이라 할 수 있었다.

2주에 한 번씩 전설적인 가수의 노래를 재해석해서 부르는 예능 프로그램인데 시청자들의 반응이 대단히 호의적일뿐더러 시청률도 제법 잘 나오고 있는 지상파 예능 프로그램 가운데 하나였다.

황 피디가 입술을 깨물었다.

그가 이번에 박 대표를 만나고자 한 건 한수를 TBC의 예능 프로그램에 한 차례 더 출연시키고자 함이었다.

어차피 한수는 영화 홍보 때문에 몇몇 예능 프로그램은 출연할 수밖에 없을 테고 기왕이면 음악 예능 프로그램에 한수를 출연시키고자 했던 것이다.

그리고 황 피디가 생각 중인 건 「싱 앤 트립」 시즌2였다.

「싱 앤 트립」은 애초에 그 성격이 버스킹인 만큼 한수의 영화 홍보에 있어서 가장 큰 도움이 되어줄 게 분명했다.

그러나 이미 「전설의 명곡」 출연을 확정 지었다고 하니 마음이 무거웠다.

굳이 음악 예능 프로그램을 두 개 겹쳐서 나갈 필요는 없기 때문이다.

그때 박 대표가 황 피디를 보며 물었다.

"황 피디님, 우리 다 아는 사이에 이러지 맙시다. 필요한 게 있으면 솔직히 말하세요. 한수도 황 피디님 부탁은 가급적 들어주고 싶다고 하더군요."

"그럼 솔직히 말씀드리죠. 「싱 앤 트립」 시즌 1 반응이 무척 좋지 않았습니까?"

"예, 그랬죠."

박 대표가 고개를 끄덕였다.

「싱 앤 트립」 시즌 1 덕분에 한수는 잉글랜드에서 버스킹을 할 수 있었고 그러다가 에릭 클랩튼, 노엘 갤러거, 폴 매카트니 등을 만나면서 최고의 팝가수 중 한 명이 될 수 있었다.

그러다가 노엘 갤러거와 함께 낸 앨범은 일약 제2의 브릿팝 열풍을 불러일으켰고 그 덕분에 한수는 세계적인 스타가 될 수 있었다.

그 모든 것의 시발점에는 「싱 앤 트립」 시즌 1이 있었다.

황 피디가 입을 열었다.

"「싱 앤 트립」 시즌 2를 제작하고자 합니다. 다만 한수 씨 스케줄이 있으니까 이번에는 국내에서 진행해 보려고요. 그리고 「마스크싱어」의 컨셉을 가져와 볼까 합니다."

박 대표 머릿속에 그림이 그려졌다.

나쁘지 않다.

벌써부터 시청자들 반응이 그려졌다.

그뿐만 아니라 버스킹 하는 당일 날 깜짝 놀랄 시민들의 반응도 궁금해졌다.

박 대표가 대답했다.

"곧 한수가 비행기를 타고 귀국할 테니 그때 물어보면 될 거 같……."

그때 박 대표가 때마침 도착한 휴대폰 문자를 확인했다.

한수에게서 온 문자였다.

"한수가 귀국행 비행기를 탔다는군요."

"오후 1시니까 로스앤젤레스는…… 오후 아홉 시쯤 됐겠군요."

"예, 그런데…… 이런."

박 대표가 고개를 절레절레 저었다.

황 피디가 의아한 얼굴로 물었다.

"무슨 일이라도 있으신가요?"

"……여자친구하고 함께 귀국한다는군요."

"……하하하."

황 피디가 웃음을 터뜨렸다.

벌써부터 공항에는 기자들이 몰려 있었다. 한수가 귀국한다는 소식 때문이었다.

영화 홍보 때문에 제작사 부탁으로 몰려든 기자들도 여럿 있었다.

그런데 여자친구하고 함께 귀국을 한다니.

또 한 번 이슈가 될 게 분명했다.

그리고 12시간이 지났다.

한수와 애쉴리를 태운 비행기가 인천국제공항에 도착했다.

인천국제공항은 평소보다 유독 북적거렸다.

입국장 앞에는 수백 명이 넘는 기자가 카메라를 든 채 대기 중에 있었다.

길게는 열여덟 시간부터 짧게는 여섯 시간까지.

기자들 모두 좋은 자리를 차지한 채 한 사람을 기다리고 있었다.

그들이 기다리고 있는 사람은 한수와 그의 여자친구 애쉴리였다.

처음에만 해도 한수 혼자 입국하는 줄 알았지만 뒤늦게 한수가 여자친구인 애쉴리와 함께 입국하게 되었다는 걸 알려지자 기자들이 훨씬 더 많이 몰려든 상태였다.

기자들 때문에 외국 여행을 떠나려는 사람들도 한수가 입국한다는 걸 알게 된 뒤였다.

그렇게 기자들이 옹기종기 모인 채 카메라를 들고 입국 사진을 찍기 위해 부산을 떨어댔다.

그러는 사이 캐리어가 실린 카트를 끌고 두 사람이 입국하기 시작했다.

큰 키에 훤칠한 외모 그리고 축구 선수를 했던 남자답게 다부진 체격까지.

남자는 강한수였다.

그리고 그 옆에 팔짱을 끼고 걸어오고 있는 여자는 주먹보다 더 작은 크기의 얼굴에 뚜렷한 이목구비가 오밀조밀 있었다.

몇몇 사람이 그녀 모습을 보고 감탄했다.

세계적인 톱모델이라고 하더니 그럴 만한 이유가 있었다.

그뿐만 아니라 저 정도면 배우를 해도 충분히 먹힐 만한 미모였다.

허리는 남자가 한손으로 감아도 될 만큼 가늘었고 길고 하얀 다리가 원피스 아래로 쭉 뻗어 있었다.

하늘하늘한 원피스에 두툼한 패딩을 입고 있었는데 누가 봐도 톱모델이라는 걸 알아차릴 정도로 옷태가 살아 있었다.

기자 몇몇은 사진을 찍으면서 침을 꿀꺽 삼켰다.

"와, 진짜 죽이네."

"미친 새끼야. 그게 뭔 소리야?"

"왜? 너는 아니야? 와, 강한수 진짜 부럽네. 삼 년 전만 해도 이 정도는 아니었는데……."

"응? 삼 년 전에 강한수 본 적 있어?"

그 질문에 기자 한 명이 어깨를 으쓱거리며 말했다.

"그럼. 그때 한창 강한수가 역대급 불수능에서 수능 만점 받았다고 말 많았잖아. 그 날 저 녀석 고등학교 가서 내가 취재하고 왔었어."

"그래? 고등학교에 갔었다고?"

"어. 그때만 해도 연예인은커녕 한국대학교 입학한 다음 판검사 노리거나 아니면 그냥 대기업 입사할 줄 알았는데…… 참, 사람 일은 아무도 모르는 거 같다."

기자가 고개를 끄덕였다.

"그건 그렇긴 하네."

누가 봐도 강한수의 인생은 스펙타클 그 자체였다.

수능 만점을 받기 전까지만 해도 강한수의 인생은 평범했기 때문이다. 그래서 기자들이 가장 곤혹을 겪는 게 그의 학창 시절을 조사할 때였다.

몇몇 연예계 기자들이 강한수의 과거를 캐고자 그의 동창들을 만나보긴 했지만 그럴 때마다 듣는 이야기는 별거 없었다.

학교에서는 있는 듯 없는 듯 조용히 지냈고 수학능력시험 성적도 썩 높은 편이 아니었다.

거기에 노래 실력은 평균 이하인 데다가 몸치라는, 신빙성 떨어지는 이야기만 들었을 뿐이었다.

사진 촬영이 끝난 뒤 기자회견장으로 이동하며 몇몇 기자들이 대화를 주고받았다.

"아무리 생각해도 이상하긴 해. 학창시절하고 지금하고 영 딴판이란 말이야. 누가 봐도 전혀 말이 안 되긴 하잖아. 안 그래?"

"그건 그래. 진짜 영혼만 다른 사람으로 바뀐 것처럼 느껴질 정도긴 하니까."

기자 한 명이 입을 열었다.

"얼마 전에 내가 축구 전문가 배문석 씨를 찾아가서 한번 물어봤단 말이야. 유소년 시절에 축구를 해본 것도 아니고 그냥 몇 번 조기축구회 같은 곳에서 공 조금 차본 게 전부인 사람이 프리미어리거로 성공할 수 있냐고 물어봤거든?"

"그래서?"

다른 기자들도 귀를 쫑긋 세웠다.

그가 허탈한 얼굴로 웃으며 말했다.

"나보고 강한수 씨 때문에 온 거냐고 묻더라고."

"크크, 너 말고 다른 기자들도 여럿 찾아가서 물었나 보네."

"어. 그런 모양이야. 어쨌든 막 통계학적으로 분석해서 이는 이렇다, 저는 저렇다 하는데 솔직히 그건 이해 못 하겠고 어쨌든 그럴 확률은 정말 희박하다고 하더라고. 프리미어리그가 동네 리그도 아니고 유럽에서 다섯 손가락 안에 드는 최고의 리그 중 하나잖아. 거기서 주전 선수로 뛰는 것도 말이 안 되는데 그 선수가 트레블을 들어 올렸다는 건 진짜 믿기지 않는 일이라고 하더라고."

"그래서? 확률이 얼마나 된대?"

"원래 배문석 씨는 0퍼센트를 이야기하려 했다는데…… 강한수를 보고 생각이 바뀌었다면서 크크. 그래도 극히 일부의 확률은 있지 않겠냐고 그러더라고."

"하긴 진짜 희박하긴 해도 강한수 보면 있을 수 있는 일이긴 하지. 근데 진짜 저놈이 못 하는 일이 뭐가 있을지 궁금하긴 해."

"나도. 그렇다 보니 이번 신작 영화 성적이 어떻게 나올지 그래서 더 궁금하더라고. 그냥 이번 기회에 확 망해 버렸으면 좋겠는데 말이야."

"왜? 강한수 싫어해?"

"너무 다 잘하니까 밥맛없잖아. 요새 여자들 사이에서 무슨 말이 오고 가는 줄 알아? 적어도 자기 남자친구는 강한수까지는 아니어도 못 하는 거 없이 웬만한 건 다 잘했으면 한다잖아."

"……미친. 그게 말이 돼?"

"그러니까. 강한수가 그만큼 별종인 거지 평범한 일반인이 그게 가능하겠어? 말이 안 되지."

"그건 좀 심하긴 했다. 혹시 네 와이프 이야기 아니야?"

"……됐어. 어? 기자회견 하나 본데?"

기자들이 웅성거렸다.

그 말대로 하나둘 사람들이 들어왔다.

강한수하고 애쉴리뿐만 아니라 박 대표도 이 자리에 나와 있었다.

기자들은 웅성거리면서도 그들이 무슨 이야기를 할지 지켜보기 시작했다.

박 대표가 기자들을 향해 말했다.

"반갑습니다, 기자 여러분. 이렇게 이른 시간에 모여 주셔서 정말 감사합니다."

지금 서울 시간은 새벽 다섯 시 삼십 분이었다.

기자 중 몇몇은 하품을 하기도 했다.

"그럼 한수 씨가 간략하게 이야기부터 하겠습니다."

"기다려주신 기자분들 감사합니다. 며칠 전 저는 할리우드 영화 출연 건으로 인해 로스앤젤레스에 갔다 왔고 그곳에서 소기의 성과를 거둘 수 있었습니다. 3월 말 크랭크인에 들어갈 예정이며 몇몇 매체에서 보도한 내용대로 제니퍼 로렌스와 맷 데이먼도 제 영화에 함께 출연할 예정입니다. 감사합니다.”

짧고 굵은 인터뷰였다.

그리고 박 대표가 기자들을 보며 물었다.

“그럼 질문 있으신 분들께서는 손을 들어주십시오. 차례대로 발언권을 부여해 드리겠습니다.”

그리고 기자들이 재빠르게 손을 번쩍번쩍 들어올리기 시작했다.

한류스타를 넘어선 월드스타 강한수.

그에게 묻고 싶은 질문이 산더미처럼 한가득 쌓여 있었다.

기자회견이 끝난 뒤 한수는 밴을 타고 박 대표와 함께 이동했다.

박 대표가 직접 자동차를 운전했고 한수와 애쉴리는 뒷좌석에 타고 있었다.

원래 운전했어야 할 김 실장은 한수가 장기 주차장에 세워둔 페라리를 대신 끌고 한수 집으로 돌아가기로 한 상황이었다.

서울로 향하는 길에 박 대표가 백미러로 두 사람을 힐끔거리며 쳐다봤다.

선남선녀라는 말이 어울릴 정도로 두 사람은 각각의 매력이 넘쳐흘렀다.

실물로 보는 그녀는 사진으로 접했던 것보다 훨씬 더 아름다웠다.

한수가 그런 박 대표를 보며 물었다.

"뭘 그렇게 봐요?"

"아, 아니야. 어디서 저런 미인을 꼬신 건가 해서."

"형도 알잖아요. 그 크루즈에서 만난 거."

"알지. 그냥 부러워서 그런다. 왜?"

"부러울 게 뭐 있어요. 그보다 황 피디님하고는 만나봤어요?"

"응. 너 귀국하는 사이 직접 찾아오셨었어."

한수가 눈에 이채가 어렸다.

"황 피디님이 직접요? 무슨 일로요?"

"뭐 때문이겠냐? 너 예능 출연 한 번만 해달라고 부탁하러 오셨지."

"……제가 한 번은 출연할 거라고 말했잖아요."

"내가 그 말 하기 전에 찾아오신 거야. 누가 일부러 그랬겠냐? 어쨌든 이번 너 신작 영화 컨셉에 맞게 「싱 앤 트립」 시즌2를 찍고 싶으시대."

한수가 그 말에 반색하며 고개를 끄덕였다.

"나쁘지 않네요."

이제 개봉이 한 달 앞으로 다가온 신작 영화의 컨셉과 「싱 앤 트립」 시즌2는 꽤 적절하게 맞아떨어지기 때문에 확실히 나쁘지 않은 선택이 될 듯했다.

한수가 물었다.

"촬영은 언제부터 한대요?"

"다음주부터. 홍대부터 시작해서 버스킹 명소로 꼽히는 곳은 한 번씩 도실 생각인 거 같아. 자세한 건 만나서 상의해 봐. 괜찮지?"

"예, 괜찮아요."

박 대표와 대화를 하던 도중 한수가 애쉴리를 쳐다봤다.

그녀는 두 사람이 무슨 대화를 나누고 있는지 전혀 모르고 있었다.

애쉴리는 한국어를 잘 모르다 보니 졸지에 그녀 혼자 소외되고 있던 것이었다.

한수는 방금 전 박 대표와 나눴던 이야기를 애쉴리에게 들려줬다.

그제야 애쉴리도 고개를 끄덕이며 한수에게 물었다.

"그러면 계속 촬영 때문에 바쁘겠네?"

"아마 그럴 거 같아. 촬영하면서 또 영화 홍보도 해야 하고 다른 예능 프로그램도 추가로 촬영해야 하거든. 그리고 그다음 영화 개봉하면 시사회하고 무대 인사도 몇 차례 다녀야 할 테고. 그래서 너를 안 데리고 오려 한 거였는데……."

"한스, 난 괜찮아. 걱정 안 해도 돼. 말했잖아. 휴가라고 생각하고 온 거였다고."

"알았어. 미안해."

"괜찮아."

애쉴리는 그 말에도 환하게 미소를 지어 보였다.

박 대표는 그럴수록 악셀을 강하게 밟았다. 왠지 모르게 자꾸 배알이 꼴리려 하고 있었다.

한수가 귀국한 뒤 회사에서 제일 먼저 만난 건 윤환이 아닌 황 피디였다.

한수가 귀국했다는 이야기를 듣고 다급히 찾아온 것이었다.

한수는 오랜만에 보는 황 피디를 보며 반갑게 인사를 건넸다.

"황 피디님, 오랜만이에요. 잘 지내셨죠?"

"그럼요. 한수 씨는 더 훤칠해 보이네요. 할리우드 영화 출연 확정지은 거 축하해요. 월드스타가 되셨으니 이제 섭외하는 것도 더 어려워지겠네요."

"그래도 황 피디님 작품은 연간까지는 아니어도 틈틈이 좋은 게 있으면 한 번쯤은 출연토록 할게요."

"이거 녹음해 둬도 되는 거 맞죠?"

"녹음까지 하실 필요 있겠어요? 저 못 믿으세요?"

"못 믿는 건 아니지만 실제로 한수 씨가 이제 국내 예능 프로그램에 나올 이유가 뭐 있냐고 말들이 많더라고요. 그렇다 보니 아무래도 제안을 드리는 게 조금 부담스럽기도 하네요."

"괜찮습니다. 누가 들으면 제가 미국인인 줄 알겠네요. 뭐, 미국에서 활동을 더 많이 하게 되겠지만 그래도 국내에서도 틈틈이 활동할 거예요. 이번 영화가 대박 난다는 보장도 없는데 다들 너무 헛물 키시는 거 같네요."

"그래도요. 할리우드 주연 배우로 출연한 국내 배우가 몇 없는데 한수 씨는 폴 그린그래스 감독에게 곧장 주연 배우로 발탁이 됐으니까요. 그것 때문에 요즘 유튜브가 난리도 아니잖아요."

"예? 유튜브가 왜요?"

"몇몇 소속사에서 유튜브에 갑자기 배우 오디션 영상을 올리기 시작했어요. 예전보다 훨씬 더 활발하게요. 아무래도 한수 씨가 유튜브 영상을 통해서 섭외됐다는 걸 듣고 일부러 눈에 들어보겠다고 그러는 거 같더라고요."

한수는 그 말에 멋쩍게 웃을 수밖에 없었다.

"그보다 윤환 씨는 안 오시네요?"

"왜요? 아, 환이 형도 같이 출연하는 거예요?"

"예, 예정대로였으면 「하루 세끼」 시즌3에 섭외하려 했지만 불발됐으니 「싱 앤 트립」 시즌2라도 같이 모시고 싶어서요."

"나쁘지 않네요. 환이 형이면 저도 찬성이죠."

국내 연예인 중에서 한수가 가장 가깝게 지내는 사람이 누구냐고 묻는다면 단연 윤환이라 할 수 있었다.

그래서 몇몇 피디에게는 '강한수를 섭외하고 싶으면 윤환을 섭외해라!'라는 말까지 돌았을 정도였다.

그리고 얼마 지나지 않아 윤환이 회의실에 도착했다.

"어이, 럭키 보이!"

"형, 잘 지냈죠?"

"잘 지내기는. 네가 미국에서 사고 친 거 때문에 내가 석준 형하고 얼마나 시달렸는지 알아?"

"……하하."

"그건 이따 이야기하고, 황 피디님도 반갑네요. 잘 지내시죠?"

"예, 저야 물론이죠. 그럼 컨셉부터 이야기할까요?"

"그렇게 하죠."

황 피디가 「싱 앤 트립」 시즌2 기획안을 펼쳐놓고 이야기를 시작했다.

"국내에 있는 유명한 버스킹 장소를 찾아다니면서 일주일에 두 차례 버스킹을 진행할 생각입니다. 물론 두 분은 특수 분장을 하셔야 합니다. 그리고 관중 수에 따라 성공과 실패를 나눌 생각입니다..”

“성공할 경우의 보상과 실패할 경우의 대가는요?”

황 피디가 한수와 윤환을 번갈아보며 말했다.

“몇 년 전 두 분이 홍대 입구에서 함께 버스킹을 하신 적 있으시죠?”

벌써 3년 전 일이다.

홍대 「걷고 싶은 거리」에서 한수는 버스킹을 했고 그러다가 윤환까지 합세하면서 두 사람은 정말 많은 인원을 동원하는데 성공했다.

당시 두 사람의 버스킹 공연을 본 사람은 1,411명.

유동인구를 제외한 그곳에 멈춰 서서 함께 공연을 즐긴 사람들만 간추려 봐도 천 명이 훌쩍 넘었다.

보통 버스킹을 해도 백 명을 모으기가 쉽지 않은 걸 생각해보면 그 날은 정말 특별한 날이었다.

원곡 가수의 노래를 부르는데 그 원곡 가수가 버스킹 무대에 난입해 버렸으니 사람들의 이목이 집중될 수밖에 없었다.

그것 때문에 홍대입구에서 버스킹을 하는데 다른 대학교 학생들이 그 소식을 듣고 홍대까지 몰려들었을 정도였다.

황 피디가 두 사람을 보며 조건을 제시했다.

“그걸 생각하면 최소 천 명은 넘겨야 한다고 생각합니다.”

“천 명이라…….”

윤환이 쾌재를 부르며 말했다.

"그 정도면 문제없죠."

그때와 지금은 다르다.

그때 무명이던 한수는 지금 월드스타가 되었다.

아마 한수가 버스킹을 한다고 하면 교통 통제가 되지 않을 만큼 사람들이 바글바글 몰려들 게 분명하다.

그때 황 피디가 고개를 절레절레 저으며 입을 열었다.

"최소 천 명인데 그때하고 지금 상황이 많이 바뀌었죠. 윤환 씨는 단번에 눈치채신 거 같네요."

"……."

"한수 씨가 월드스타가 되었잖아요. 그때하고 지금은 위상 차이가 말로 못할 정도고요. 그렇죠?"

한수가 웃으며 대답했다.

"제가 원하지 않아도 제 얼굴에 금칠을 해주시네요. 근데 맞는 말이긴 하죠."

황 피디가 미소를 지었다.

"역시 할리우드 배우답게 자신감이 넘치시네요. 그런 의미에서 이천 명 정도로 하면 어떨까요?"

"그 정도면 괜찮네요."

"저도요."

윤환도 흔쾌히 대답했다.

"당연하겠지만 SNS에 홍보하시는 거 절대 안 됩니다."

"그럼요. 특수 분장까지 해야 한다면서요?"

"완전 체형마저 뒤바꿔 버릴 텐데 안심하셔도 되겠어요?"

"헬륨가스 같은 걸로 목소리만 안 바꾸시면 문제없을 거 같은데요? 아, 물론 제가 아니라 한수가요."

"흐음, 번외편으로 두 분이 각자 버스킹을 진행하고 누가 더 많이 몰려들지 그걸로 내기를 거는 것도 나쁘지 않겠네요. 그건 어떻게 생각하세요?"

윤환이 새빨갛게 달아오른 얼굴로 황 피디를 노려봤다.

생각만 해도 끔찍했다.

만약 져버린다면?

질 확률이 다분하긴 하지만 진짜 진다면 그 날 이후로 윤환은 한수 앞에서 고개를 들고 다니지 못할 터였다.

그런 만큼 그것은 절대 허용할 생각이 없었다.

"촬영은 언제부터죠?"

"다음 주 월요일에 할 생각입니다. 월요일에는 홍대 입구에서 하고 목요일은 대학로에서 하려고요."

"사흘밖에 안 남았군요. 출연자는 우리 둘뿐인 거죠?"

"예, 맞습니다. 아, 그리고 특수 분장 때문에 새벽부터 준비해 주셔야 해요. 괜찮으시겠죠?"

"그 정도는 문제없어요."

한수가 흔쾌히 대답했다.

윤환이 황 피디를 보며 물었다.

"그러고 보니까 보상하고 페널티는 이야기 안 해주셨는데요?"

"그건 촬영이 끝나고 알려드리겠습니다."

"……이상한 거 시키려는 거 아니죠?"

"그럴 리가요. 원하지 않으면 안 하셔도 됩니다."

"알았어요. 그럼 다음 주 월요일에 뵙죠. 황 피디님."

그렇게 「싱 앤 트립」 시즌2 촬영이 결정됐다.

이번에는 국내였다.

황 피디가 회의실을 떠난 뒤 회의실에는 박 대표와 윤환, 한수 그리고 애쉴리 이렇게 넷만 남아 있었다.

박 대표는 한수가 미국에 갔다 오는 동안 있었던 크고 작은 일들을 한수에게 대략적으로 간추려서 이야기했다.

이형석 대표가 찾아와서 부탁했던 일은 듣지 않은 것으로 했다고 들었다.

한수도 이형석 대표한테 악감정은 없었다. 오히려 이형석 대표는 소속사 연예인들을 알뜰살뜰 잘 챙기는 남자였다.

문제는 2팀장이었다.

그밖에 여러 가지 자질구레한 일들과 관련해서 이야기를 나눈 뒤에야 한수는 집으로 돌아올 수 있었다.

계속해서 한국어로 이야기하는 바람에 애쉴리는 도통 그들이 무슨 이야기를 하고 있는지 전혀 알아듣지 못한 듯했다.

한수의 집은 한남동에 위치해 있는 고급 주택이었다.

집에 도착한 뒤에야 한수는 한결 마음이 풀어지는 걸 느꼈다.

애쉴리와 함께 집을 둘러보며 소개하려 할 때 휴대폰이 울렸다.

엄마였다.

한수가 전화를 받았다.

"예, 엄마. 저예요."

-바쁜 일은 얼추 다 끝났어?

"그럼요. 지금 집에 왔어요. 근데 다음 주부터 또 촬영 일정이 연거푸 잡혀 있어서 조금 바쁠 거 같아요."

월요일, 아니, 정확히 일요일부터 촬영 일정이 예정되어 있었다.

즉 쉴 수 있는 시간은 오늘 금요일하고 내일 토요일, 이틀이 전부였다.

아무래도 이 이틀 동안 애쉴리하고 국내 관광이라도 해야 할 것 같았다.

그녀는 휴가차 왔다고 했지만 그렇다고 해도 얼마 지나지 않아 다시 돌아가야 할 터였다.

그러기 전 그녀하고 한국에서 좋은 추억을 쌓는 게 더 낫겠다는 생각이 들었다.

그때 엄마가 한수에게 물었다.

-한수야, 그 애도 한국에 온 거니?

"예, 같이 들어왔어요."

-그럼 너희 집에 같이 있는 거니?

"예, 휴가 보내러 온 거라서요. 며칠 우리 집에 있다가 돌아갈 거예요."

-그래. 결혼할 거면 모를까 그런 사이가 아니면 피임 조심하고. 남자가 아랫도리 잘못 쓰면 큰일 나는 거 알고 있지?

"……."

한수는 멋쩍은 얼굴로 전화를 끊었다.

그때 애쉴리가 한수를 보며 물었다.

"누군데 얼굴이 그렇게 빨개져?"

"아, 우리 엄마. 집에 들어왔냐고 물어보셔서."

"한스는 부모님하고 사이가 좋구나."

"그러고 보니 애쉴리 부모님은 어떤 분이야? 생각해 보니 우리 서로에 대한 사생활은 거의 모르다시피하는 거 같네?"

"우리 부모님?"

조금 머뭇거리던 애쉴리가 입을 열었다.

"아버지는 어릴 때 돌아가셨고 엄마는 지금 뉴욕에서 지내고 계셔."

"아…… 미안."

"자기가 미안할 게 뭐 있어. 다 지난 일이야."

"어머니는 어떤 분이신데?"

"우리 엄마? 평범한 주부야. 나중에 한번 소개시켜 줄게. 아마 우리 엄마도 한스 보면 무척 마음에 들어 할 거야."

"하하, 다행이네. 아, 일단 우리 집부터 소개시켜 줄게."

한수는 애쉴리와 함께 집 안 구석구석을 돌아보기 시작했다.

우선 두 사람은 2층부터 올라갔다.

한수의 집은 2층 주택으로 한강이 내려다보이는 발코니에서의 경관이 가장 예술적이었다.

"여긴 보통 손님이 오면 내주는 방이야. 아까 만났던 환이 형이나 석준 형도 종종 여기서 자고 갈 때도 있어."

"집이 되게 깔끔하다. 사람 사는 집 같지 않을 정도야."

"이사 온 지 얼마 안 된 데다가 집에 머무르는 시간이 많이 없어서 그럴 거야."

한수는 애쉴리를 데리고 발코니로 빠져나왔다.

발코니에 서자 저 멀리 한강이 보였다.

아직 저녁은 아니다 보니 서울의 야경은 볼 수 없었지만 그래도 전망은 무척 예술적이었다.

"저기 보이는 게 한강이야."

"되게 크네?"

"실제로 보면 꽤 넓긴 해."

주변을 둘러보던 두 사람은 1층으로 내려왔다.

1층에는 침실과 거실, 주방, 욕실 그리고 서재 등이 자리해 있었다.

한수는 제일 먼저 주방부터 보여줬다.

지난번에 추가로 사들인 냉장고까지 해서 모두 석 대의 냉장고가 주방에 나란히 놓여 있었다. 그뿐만 아니라 그 옆에는 김치냉장고와 와인셀러도 함께 비치되어 있었다.

"무슨 냉장고가 이렇게 많아? 집에서는 요리 잘 안 해먹는다고 하지 않았어?"

"그냥 가끔 친구들 놀러오거나 동료 배우들이 놀러 오면 해먹이는 편이야. 이상하게 나 혼자 먹을 때는 맛이 없는데 누군가를 대접할 때면 되게 맛이 있더라고."

"그건 그렇긴 해. 그럼 내가 머무르는 동안에는 나한테도 해주겠네?"

"너한테만 해주겠지?"

한수가 능글맞게 말하자 애쉴리가 양 볼을 빨갛게 물들였다.

그렇게 거실과 주방, 침실까지 모두 돌아봤을 때였다.

애쉴리 눈을 잡아끈 게 있었다.

아직 소개시켜 주지 않은 곳이 하나 존재했다.

그녀가 한수를 보며 물었다.

"저곳은 뭐야?"

"아, 저긴 서재야."

"서재? 한번 봐도 돼? 궁금해."

"……어, 음."

그 말에 한수가 조금 머뭇거렸다.

서재를 보여주는 건 문제 되지 않았다.

다만 걱정되는 게 하나 있다면 그건 텔레비전이었다.

낡은 텔레비전이 서재에 있었다.

그것은 누군가에게 보여주기 조금 어려운 한수만의 비밀이었다.

그것이야말로 한수에게 채널 마스터의 능력을 부여해 주는 특별한 물건이었으니까.

한수가 멋쩍게 웃으며 대답했다.

"미안. 저곳은 어려울 거 같아."

"……왜? 혹시 이상한 성적 취향 같은 게 저기 숨겨져 있는 건 아니겠지?"

"그럴 리가 없잖아. 그건 아니고…… 미안."

애쉴리는 그 말에 웃으며 말했다.

"알았어. 나도 한스의 사생활은 존중할 줄 안다고. 그럼 나는 어떤 방 쓰면 돼?"

"2층에 있는 방 아무 거나 써도 돼. 어차피 너 있는 동안 다른 사람은 우리 집에 안 놀러올 거야."

"그래? 알았어. 그럼 아무 방이나 쓴다?"

"아, 그보다 너 진짜 귀국 언제 할 거야?"

애쉴리가 그 말에 짐짓 토라진 얼굴로 물었다.

"왜? 내가 한국에 머무르는 게 불편해? 내일이라도 귀국하길 바라는 거야?"

"그게 아니라 일요일부터 엄청 바빠질 거라서 너 챙길 시간도 없을 텐데 혼자 지내게 하는 것도 좀 그러니까 그렇지."

그 말에 애쉴리가 한수를 보며 말했다.

"걱정하지 않아도 돼. 나 일요일 오전에 귀국할 거야."

"어?"

"이미 비행기 표 끊어뒀대."

"어디서? 아, 에이전시에서?"

"응. 대표님이 단단히 화났어. 무조건 일요일 오전 비행기 타고 귀국하랬어."

"……후, 알았어. 그럼 그때 공항까지 데려다줄게."

"응. 너무 걱정하지 않아도 돼. 대신 오늘하고 내일은 나하고 같이 있어주는 거 맞지?"

"응. 그래야지. 그런 의미에서 이따가 저녁에 한강이라도 보러 갈래? 한강에서 맛있는 거나 시켜먹을까?"

"응? 그게 무슨 말이야? 한강에서 맛있는 걸 시켜먹는다고?"

"어. 우리나라는 배달 문화가 엄청 발달되어 있거든. 이따가 놀러가자."

"알았어. 그럼 나 잠깐만 쉴게."

애쉴리가 2층으로 올라가는 모습을 본 뒤 한수는 서재로 향했다.

서재에는 수백 권의 책과 함께 낡은 텔레비전이 덩그러니 놓여 있었다.

누가 봐도 이질적인 텔레비전이었다.

한수는 텔레비전을 빤히 바라봤다.

「울티 원」과의 접촉을 통해 「존재」가 있음을 알아냈다.

그러나 그 「존재」가 무엇인지는 밝혀내지 못했다.

어쩌면 그것은 자신이 죽기 전까지 전혀 시도하지 못할 일일지도 몰랐다.

지금 자신이 갖고 있는 모든 능력이 깡끄리 사라질지도 모르는 일이었으니까.

그것도 잠시 계단을 밟고 내려오는 소리가 들렸다.

한수는 서재에서 나온 뒤 서재 문을 자물쇠로 굳게 잠갔다.

그런 뒤 1층으로 내려온 애쉴리를 보며 물었다.

"뭐 맛있는 거 먹을래?"

애쉴리가 웃으며 대답했다.

"응."

고민하던 한수는 애쉴리와 함께 지하에 있는 주차장으로 내려왔다. 그리고 두 사람은 람보르기니를 타고 빠르게 한남동을 벗어났다.

그때였다.

한수 집 주변을 서성거리는 의문의 남자들이 하나둘 나타나더니 그들은 슬쩍 주변 눈치를 살피고는 한수 집 안으로 하나둘 잠입해 들어가기 시작했다. 그리고 한 남자가 대장으로 보이는 자를 보며 물었다.

"목표물은 뭡니까?"

"아직 정확하게는 알 수 없다. 다만 자물쇠로 잠긴 방이 하나 있다더군."

"그곳에 목표물이 있는 겁니까?"

"그런 모양이다. 움직이도록 하자."

"예."

그리고 그들은 순식간에 보안을 무력화하며 한수 집 안에 거침없이 뛰어들었다.

그들 모두 오랜 시간 훈련받은 프로페셔널이었다.

CHAPTER 2

한수가 애쉴리와 함께 찾아간 곳은 청담동에 위치한 고급 한정식이었다. 자신이 직접 요리를 해줘도 되는 일이었지만 이왕이면 장인의 요리를 맛보여주고 싶었다.

주차장에 차를 세운 뒤 한수가 애쉴리와 함께 가게 안으로 들어섰다.

가게의 이름은 「청풍」이었다.

그가 들어오자 가게 안에 있는 숙수들이 한수를 보고 두 눈을 휘둥그레 떴다.

한수가 웃으며 물었다.

"공 숙수님은 계신가요?"

"아, 예. 잠시만요. 곧 모셔오겠습니다."

가장 나이 많은 숙수가 고개를 끄덕였다.

그리고 얼마 지나지 않아 공 숙수가 주방에서 걸어 나왔다.

그가 한수를 보고는 웃으며 소리쳤다.

"허허, 한수 왔구나."

"예, 숙수님. 점심을 먹고 싶은데 어디서 먹을까 하다가 오랜만에 숙수님이 만드신 요리를 먹고 싶어서요."

"오, 나야 좋지. 그보다 옆에 서 있는 여성분은……."

"아, 제 여자친구입니다. 애쉴리예요."

"처음 뵙겠습니다. 애쉴리입니다."

애쉴리가 어색한 한국어로 더듬더듬 인사를 건넸다.

원래는 한수의 부모님을 만났을 때 한국어로 인사를 건네기 위해 준비한 것이었다.

그러다가 졸지에 공 숙수를 향해 먼저 시험을 해보게 됐다.

공 숙수가 싱글벙글 웃으며 말했다.

"제 가게에 오신 걸 환영합니다. 최고로 맛있는 요리를 만들어서 대접해 드리죠."

공 숙수가 다시 주방으로 들어갔고 한수는 직원의 안내를 받아서 가게 안으로 들어왔다.

가게 안은 평소보다 훨씬 더 북적거렸다.

개중 몇몇은 한수를 알아보고는 꺅꺅거리며 놀라하고 있었다.

휴대폰으로 사진을 찍으려 드는 경우도 종종 보였다.

한수는 사람들의 시선을 뒤로 한 채 프라이빗룸으로 안내를 받을 수 있었다.

예전에 「하루 세끼」 촬영을 앞두고 공 숙수 가게에 왔을 때 안내받았던 그 방이기도 했다.

"요리는 어떤 것으로 준비해 드릴까요?"

"점심 특선으로 이 인분 부탁드릴게요."

"알겠습니다. 준비되는 대로 차근차근 가져오겠습니다. 그럼 좋은 시간 되십시오."

직원이 깍듯하게 고개를 숙여 보인 뒤 빠져나갔다.

이곳 프라이빗룸은 신발을 벗고 들어와서 앉는 구조였다.

애쉴리가 적응이 안 되는 듯 어색한 얼굴로 하이힐을 벗은 뒤 안으로 들어왔다.

그녀가 한수를 보며 말했다.

"되게 낯설어. 신발을 벗고 들어와서 밥을 먹게 될 줄은 몰랐어."

"대부분 이런 건 아니긴 하지만 몇몇 식당은 이러기도 해. 부담 갖지 않아도 돼."

"아까 그분은 누구야? 혹시 자기 친할아버지셔?"

"그건 아니고 우리 할아버지 친구분이야. 이곳 가게 오너셰프이기도 하고."

"여긴 한식당 맞지?"

"응. 맞아. 엄청 요리 솜씨가 좋으시니까 기대해도 좋을 거야."

한수가 웃으며 말했다.

애쉴리도 그 말에 살포시 미소를 지었다.

그 뒤 차근차근 요리가 세팅되어 나오기 시작했다.

처음에는 가볍게 부담을 덜 수 있는 샐러드와 야채죽이 나왔다.

그 밖에 전이나 각종 채소무침이 상 위에 한가득 깔렸고 그 이후 속속 밑반찬이 다양하게 빈자리를 메우기 시작했다.

계속해서 쌓이는 엄청난 양의 반찬들을 보며 애쉴리의 동공이 엄청나게 커졌다.

그녀가 믿을 수 없다는 얼굴로 각양각색의 반찬들을 바라봤다.

"이, 이게 다 뭐야?"

"아, 전부 다 밑반찬들이야. 내가 시킨 점심 특선에 포함된 거야."

"이제 다 끝난 거야?"

그것도 잠시 이번에는 생선 위주로 된 반찬이 상 위에 차곡차곡 놓였다.

계속해서 헤아릴 수 없을 만큼 많은 반찬이 깔리자 애쉴리는 세는 걸 포기하고 조금씩 이것저것 맛을 보고 있었다.

한수도 정갈하게 놓인 반찬들을 집어 먹었다.

확실히 명불허전이라는 말이 아깝지 않았다. 공 숙수의 솜씨는 국내 최고였다.

마지막으로 도톰한 떡갈비까지 네 점 깔린 뒤에야 상차림이 끝났다.

애쉴리는 손사래를 치며 한수에게 말했다.

"이렇게 많은 걸 어떻게 다 먹어?"

"어차피 대부분 밑반찬들이야. 그냥 부담 없이 먹으면 돼. 굳이 무리해서 먹진 말고."

애쉴리는 톱모델이었다.

그렇다 보니 그녀는 꾸준히 몸 관리를 해줘야 했다.

애쉴리는 먹어도 살이 안 찌는 체질이라고 의기양양해했지만 그래도 관리는 젊었을 때부터 필요한 것이었다.

결국 두 사람은 꾸역꾸역 식탁 위에 쌓인 음식들을 집어 먹었지만 전부 다 먹는 건 불가능했다.

그 무렵 노크 소리가 들렸다.

문을 두드린 건 공 숙수였다.

공 숙수가 한수와 애쉴리를 번갈아 보며 물었다.

"한수야, 어떠냐? 맛있더냐?"

"예, 할아버지. 진짜 맛있었어요."

애쉴리도 웃으며 고개를 끄덕여 보였다.

이 정도는 표정으로만 봐도 무슨 의미인지 해석할 수 있었다.

“그럼 다행이구나. 아, 그리고 너 덕분에 가게 오는 손님이 부쩍 많아졌다. 그리고 요즘은 외국에서 더 손님이 많이 찾아오곤 하더구나.”

“외국에서요?”

“그래. 그 방송이 거의 이 년 전쯤 일이잖니. 국내 손님보다는 외국 손님들이 더 많을 수밖에 없지. 외국에서는 유튜브로 요새 그 방송을 자주 찾아보는 모양이더구나.”

“그럴 수도 있겠네요. 어쨌든 덕분에 잘 먹었습니다, 할아버지.”

“배부르게 잘 먹었더니 다행이구나. 그럼 다음에 또 보자구나. 혹시 한식 요리사가 되고 싶다면 언제든지 찾아오고.”

여전히 한수가 한식 요리사가 되길 바라는 공 숙수가 나지막한 목소리로 제안을 해왔다.

한수가 도리도리 고개를 저었다.

“죄송해요, 숙수님. 요리사는 아무리 생각해 봐도 저하고는 안 어울려서요. 그러면 먼저 일어나보겠습니다.”

“그래. 알았다.”

한수는 계산을 끝낸 뒤 가게를 빠져나왔다.

약간 늦은 점심을 먹는 사이 어느덧 시간은 오후 다섯 시를 가리키고 있었다.

한수가 슈퍼카에 먼저 올라탄 뒤 애쉴리를 기다렸다.

그녀는 화장실에 갔다 온다고 하고 잠깐 자리를 비운 상태였다. 그러는 사이 한수는 운전석에 앉아서 그녀가 오길 기다리고 있었다.

그런데 좀처럼 그녀가 나오질 않고 있었다.

그때였다.

휴대폰으로 전화가 계속해서 오고 있었다.

한수가 의아한 얼굴로 전화를 받았다.

전화를 건 곳은 한수가 지금 살고 있는 집의 보안을 담당하고 있는 곳이었다.

"무슨 일이시죠?"

-저 강한수 님 맞으십니까?

"예, 제가 강한수 맞습니다. 어쩐 일이시죠?"

-실례지만 지금 근처에 계시면 급히 집으로 와주셔야 할 거 같습니다.

"무슨 일인지부터 말씀해주시죠."

잠시 멈칫하던 상대가 대답했다.

-강한수 님 자택에 조금 전 누군가 침입한 거 같습니다. 경고 알림이 한 시간 간격마다 자동적으로 저희 쪽에 들어오기로 되어 있는데 정상적으로 작동해야 하는 게 이번에는 들어오질 않아서요. 누군가 몰래 집에 들어온 게 분명해 보입니다.

혹시 집에 귀중품이 있으십니까?

한수는 그 말에 순간 머릿속이 새하얘지는 것 같았다.

상대는 귀중품으로 돈이나 고가의 미술품, 서적 등을 이야기하는 것이겠지만 자신에게 귀중품은 바로 그 낡은 텔레비전이었다.

"귀중품이 있긴 합니다. 지금 바로 가겠습니다."

-예, 저희도 현장으로 출동하고 있습니다. 그럼 이따가 뵙겠습니다.

한수는 초조한 마음으로 애쉴리가 빨리 나오길 기다렸다.

그런데 그녀는 좀처럼 나오질 않고 있었다.

결국 한수가 자동차에서 나오려 할 때 그녀가 걸어오는 모습이 보였다.

그녀가 올라타며 한수에게 물었다.

"무슨 일 있어?"

"별일 아니야. 그보다 집에 빨리 가봐야 할 거 같아."

"응? 왜?"

"우리 집 보안을 담당하는 회사가 있는데 무슨 문제가 생긴 거 같다고 지금 바로 와달라고 하더라고. 이미 그쪽도 우리 집으로 출발했대."

애쉴리가 눈을 동그랗게 떴다.

"정말? 설마 도둑이라도 든 거 아니야?"

"글쎄. 일단 가봐야 알 거 같아."

한수는 곧장 시동을 걸었다.

육중한 엔진음이 울렸다.

그리고 한수는 빠른 속도로 청담동을 벗어나 한남동을 향해 내달리기 시작했다.

마음이 급했다.

지금으로서는 구형 텔레비전만 제자리에 무사히 있길 바랄 뿐이었다.

한수가 집에 도착한 건 그로부터 15분 정도가 지난 뒤였다.

부리나케 달려온 그는 이미 집 앞에 와있는 보안업체 직원들을 만날 수 있었다.

개중 가장 직급이 높아 보이는 사내가 자동차에서 내리는 한수한테 걸어왔다.

"처음 뵙겠습니다. 강한수 씨. 저는 보안 팀 팀장 장혁준입니다."

"강한수입니다. 어떻게 된 일이죠?"

다급히 묻는 한수 모습에 장혁준 팀장이 대답했다.

"아무래도 누군가 강한수 씨 자택에 침입한 거 같습니다."

그리고 그는 한수와 함께 담장 곳곳을 가리켰다.

"저 담장을 밟고 안으로 들어간 거 같습니다."

"집 안은요?"

"같이 가시죠."

한수와 애쉴리가 그의 뒤를 쫓았다.

그 말대로 현관문은 이미 열려 있었다.

장혁준 팀장이 현관문을 가리키며 입을 열었다.

"잡범들은 이렇게 공들여서 문을 따지 않습니다. 그냥 힘으로 부수곤 하죠. 제가 볼 때 이건 전문가의 솜씨 같습니다."

"……."

한수는 입술을 깨물었다.

현관문을 열고 들어와서 본 거실 안은 난장판이었다.

곳곳이 어지럽혀져 있었다.

그러나 한수는 아랑곳하지 않고 곧장 서재로 향했다.

자물쇠로 잠궈뒀지만 자물쇠는 부서졌고 문도 반쯤 열려 있었다.

한수가 서재 안에 들어섰다.

서고에 꽂혀 있는 책들은 난장판이 되어 대리석 바닥을 구르고 있었다.

하지만 한수의 신경은 오로지 하나, 구형 텔레비전에 향해 있었다. 그리고 다행히 구형 텔레비전은 문제없이 제자리에 있었다.

한수는 그제야 살짝 한숨을 내쉴 수 있었다.

다른 게 몽땅 없어져도 텔레비전만 도난당하지 않으면 문제 없는 일이었다.

그때 그런 한수를 보고 있던 장혁준 팀장과 애쉴리가 한수에게 다가왔다.

장혁준 팀장이 한수를 보며 물었다.

"괜찮으십니까?"

"예, 책이 좀 어지럽혀지긴 했지만…… 딱히 잃어버린 책은 없는 거 같네요."

그때 애쉴리가 텔레비전을 가리키며 물었다.

"이 텔레비전은 뭐예요? 골동품 아니에요?"

"아, 어렸을 때 돌아가신 할머니가 내게 남겨주신 거야. 그래서 버리지 못하고 보관 중이야."

한수가 대수롭지 않은 얼굴로 말했다.

그 누구도 믿을 수 없는 상황.

의심을 살 필요는 없었다.

그 뒤 한수는 집안 구석구석을 돌며 없어진 물건이 있나 찾았다.

그러나 다행히 잃어버린 건 없었다.

그건 애쉴리도 마찬가지였다.

하지만 보안이 이렇게 허술하게 뚫릴 줄은 예상치 못한 일이었다.

보안업체의 장혁준 팀장이 날카롭게 잘려나간 단선을 가리키며 말했다.

"아까 현관문을 봤을 때도 말씀드렸지만 이건 어수룩한 강도짓이 아닙니다. 누군가 목적을 갖고 강한수 씨 자택에 침입한 게 틀림없습니다."

"도대체 누가……."

한수가 눈살을 찌푸렸다.

그러나 지금 보이는 이 일련의 상황은 누군가 명백히 좋지 않은 의도를 갖고 집에 침입했다는 의미였다.

"일단 보안을 좀 더 강화하도록 하겠습니다. 죄송합니다."

"괜찮습니다. 일단 잃어버린 건 없으니까 그걸로 됐죠."

"예, 그럼 편히 쉬십시오."

그가 떠난 뒤 한수는 곰곰이 생각에 잠겼다.

누가 침입하려 했는지 아무래도 그 배후를 찾을 필요가 있었다.

그러나 주변에 그것을 조사해 줄 만큼 힘 있는 사람이 없었다.

그때였다.

한수의 머릿속을 스치고 지나가는 얼굴이 한 명 있었다.

그 사람이라면 자신을 도와줄 수 있을지도 몰랐다.

한수는 시간을 확인했다.

한국 시간으로는 오후 두 시. 아부다비는 지금쯤이면 오전 아홉 시쯤 됐을 터였다.

한수의 머릿속을 스치고 지나간 얼굴은 만수르. 만수르 왕자였다.

전 세계적으로 엄청난 영향력을 가지고 있고 또 일국의 왕자인 그라면 자신을 도와줄 역량이 충분히 있었다.

시간도 적당했다.

아마 이쯤이면 그는 일어나서 아침 식사를 이미 끝냈을 가능성이 농후했다.

한수는 애쉴리에게 전화를 하러 간다고 이야기한 뒤 서재로 들어왔다.

그런 다음 전화를 걸었다.

신호음이 몇 차례 가고 만수르 왕자가 전화를 받았다.

-오, 한스! 오랜만이군.

"왕자님, 그동안 잘 지내셨습니까?"

-그렇다네. 자네 소식은 인터넷을 통해 접하고 있었지. 이번에 폴 그린그래스 감독의 영화에 출연하게 됐다더군. 축하하네.

"감사합니다, 왕자님. 직접 전화를 드렸어야 했는데 그러지 못해 죄송합니다."

-죄송할 게 뭐 있나? 그건 그렇고 이렇게 일찍 무슨 일로 전화를 한 건가? 안부인사 때문에 전화했을 리는 없을 테고. 혹시 맨체스터 시티로 복귀하고 싶은 건가? 그렇다면 나는 흔쾌히 그 제안을 수락하겠네. 하하.

한수가 그 말에 쓴웃음을 지었다.

만수르가 저렇게 이야기할 수밖에 없는 이유가 있었다.

실제로 맨체스터 시에서도 한수의 컴백을 종용하는 요구가 날이 갈수록 늘어나고 있는 중이었다.

그도 그럴 것이 2019-2020시즌 프리미어리그 19라운드가 끝난 지금 맨체스터 시티는 중위권에 위치해 있었다.

지난 시즌 트레블을 이룩한 팀답지 않은 초라한 성적이었다.

강한수, 단 한 명이 스쿼드에 없는 것뿐이었다.

그런데도 성적이 곤두박질치고 있으니 만수르 입장에서는 기겁할 수밖에 없는 일이었다.

펩 과르디올라 감독도 종종 인터뷰를 할 때마다 한수의 공백을 아쉬워하고는 했다.

그러면서 펩 과르디올라는 강한수를 가리켜 메시와 사비 그리고 이니에스타를 합쳐놓은 것 같은 선수라고 평가하기도 했다.

실제로 2018-2019시즌의 활약상 덕분에 한수는 UEFA 올해의 선수 및 올해의 팀에 당당히 그 이름을 올려놓을 수 있었다.

다만 한 가지 아쉬운 게 있다면 2019-2020시즌에는 뛰지 않았기 때문에 FIFA 발롱도르 순위권에는 오르지 못했다는 점 정도였다.

그러나 대부분의 축구 전문가들 모두 평가하기를 강한수가 2019-2020시즌에도 뛰었다면 FIFA 발롱도르 위너는 케빈 더 브라위너가 아닌 강한수였을 것이라고.

한수가 만수르 왕자에게 조심스럽게 말했다.

"다른 게 아니고 왕자님한테 한 가지 부탁드리고 싶은 게 있어서입니다."

-부탁? 흠, 이야기해 보게. 들어줄 수 있는 부탁이라면 기꺼이 들어주겠네. 대신 나도 자네한테 적절한 보상을 요구할 걸세.

"물론입니다."

주는 게 있으면 오는 게 있는 법이다. 만수르 왕자는 그 대답에 무척 기꺼운 듯 보였다.

그러나 별수 없었다. 지금 당장은 만수르 왕자에게 도움을 구해야만 했다.

한수는 자초지종을 이야기했다.

집에 전문가로 추측되는 사람들이 침입했다는 것.

없어진 물건은 없지만 누군지 그 배후를 알고 싶다는 것까지.

아무 말 없이 이야기를 듣고 있던 만수르 왕자가 물었다.

-한스, 내 이야기를 지금부터 잘 듣게.

“예, 왕자님.”

-자네는 자네에 대해 어떻게 생각하고 있는가?

“예? 저 말입니까?”

-그렇네.

한수는 가만히 만수르 왕자가 무엇을 묻는지 고민해 보기 시작했다.

그리고 잠시 뒤, 한수가 만수르 왕자에게 되물었다.

“혹시 제가 모든 방면을 지나치게 잘하는 걸 가리켜 하는 말씀이십니까?”

-맞네. 음, 물론 레오나르도 다빈치라는 걸출한 천재가 역사에 존재하긴 하네. 그는 진짜 다방면에 두루두루 빼어났던 천재였다고 하지. 그 말고도 세상에는 진짜 남들이라면 평생 노력해야 겨우 얻어낼 성과를 단시간에 만들어내는 사람도 부지기수로 많다네.

“예, 왕자님.”

-그런데 그들 모두 공통점이 있네. 그게 무엇인지 아는가?

한수가 그 질문에 곰곰이 생각해 봤다.

그렇지만 그들의 공통점이 무엇인지 딱히 생각나는 게 없었다.

만수르 왕자는 그들이 가지는 공통점이 자신에게는 없다는 것을 지적하고 싶었을 것이다.

그것은 무엇일까?

한수가 대답하지 못하자 만수르 왕자가 말했다.

-그들의 공통점은 어렸을 때부터 두각을 보였다는 거네. 태어나자마자 그들은 남들과 다른 모습을 보였었지. 그래서 그들이 천재라고 불린 거고. 그런데 자네는 조금 달라. 스무 살까지만 해도 자네는 평범했네. 평범한 20대 청년이었는데 어느 순간 자네가 갑자기 바뀌었다네.

"아."

한수가 고개를 끄덕였다. 확실히 그들과 자신은 다르다.

그들은 어렸을 때부터 두각을 드러냈다. 여섯 살 혹은 그보다 더 어렸을 때 그들은 남다른 모습을 보였다.

반면에 자신은 군대를 갔다 오고 나서 특별한 모습을 보이기 시작했다.

누구라도 의심을 할 수밖에 없는 상황인 것이다.

-모르긴 몰라도 그동안 자네를 뒷조사한 곳은 많았을 것이네. 나 역시 그랬으니 다른 곳은 오죽하겠는가?

예상하고 있던 일이다.

채널 마스터로서 능력을 발휘하면 발휘할수록 그만큼 자신에게 호의를 보이는 사람도 많아지겠지만 그렇지 않은 사람들도 늘어나리라는 것 정도는 알고 있었다.

하지만 막상 이렇게 직접 경험하게 되는 것하고는 차원이 다른 이야기였다.

한수가 휴대폰을 붙잡은 채 물었다.

"누구일까요?"

-글쎄. 어딘지 모르겠지만 국가 정보 조직일 가능성이 높다고 생각되네.

"그렇게 생각하는 이유가 있을까요?"

-생각하는 것보다 대한민국은 치안이 무척 발달한 나라일세. 특히 자네가 이사해서 살고 있는 곳은 보안이 훌륭하더군. 그런데 그곳 보안이 그렇게 허술하게 뚫렸다는 것도 미심쩍지 않은가?

한수는 그 말에 눈살을 찌푸렸다.

생각해 보니 의구심이 드는 게 한두 가지가 아니었다.

-일단 내가 한번 알아보고 연락을 주도록 하겠네.

"감사합니다, 왕자님."

-고마워할 거 없네. 주는 게 있으면 오는 것도 있지 않겠나? 하하.

전화를 끊은 뒤 한수는 숨을 골랐다.

아무래도 자신을 둘러싼 움직임이 있는 것 같았다.

그런데 문제는 그게 누구인지 또 얼마나 많은지 알 수 없다는 것이었다.

하지만 여태껏 자신이 벌인 그 모든 일이 사람들의 이목을 끌어오기에 충분했다는 게 문제였다.

한수는 전화를 끊고 서재 밖으로 나왔다.

애쉴리가 그 앞에 서 있었다.

"누구하고 통화한 거야?"

"아, 왕자님하고 통화했어."

"만수르 왕자님?"

"응. 뭐 좀 알아봐 달라고 할 게 있어서. 그 사람들은 다 돌아갔어?"

"응. 아까 전에 다들 돌아갔어."

한수는 아까 전 만수르 왕자가 했던 말이 생각났다.

장혁준 팀장이었던가?

그는 보안업체에 전화를 걸었다.

얼마 지나지 않아 보안업체 담당자가 전화를 받았다.

"안녕하세요, 거기 장혁준 팀장님 계시죠? 바꿔주실 수 있을까요?"

-예? 어떤 분이요?

"장혁준 팀장님요. 아까 전 이곳 보안 뚫린 것 때문에 찾아와주셨는데……."

-잠시만요. 거기 주소가 어떻게 되시죠?

"여기 주소가 한남동……."

-잠시 기다려주세요. 확인해 보겠습니다.

얼마 지나지 않아 여직원이 아닌 중년 남자가 전화를 받았다.

-전화 바꿨습니다. 보안팀 팀장 김동석입니다. 강한수 씨 맞으십니까?

"……예? 장혁준 팀장님은 어디 가셨죠?"

-네? 장혁준이라는 사람은 저희 회사에 없습니다만…….

한수는 그 말에 순간 얼어붙었다.

그것도 잠시 한수가 재차 입을 열었다.

"아까 전 누군가 저희 집을 침입해서요. 그래서 보안업체에서 연락이 왔었거든요. 장혁준 팀장님이라는 분이었는데 그분께서 누군가 목적을 갖고 침범하신 게 분명하다고 그랬는데……."

-예? 그럴 리가요. 저희 직원들은 두 시간에 한 번씩 그 주변을 순찰하고는 합니다. 그리고 저희 직원들 이야기로는 별일 없었다고 하는데…… 뭔가 잘못 알고 계신 거 아닌가요?

"그 직원분들은 어디 계시죠?"

-그게 저도 전화로 들은 거여서…… 들어오는 대로 한 번 더 물어보겠습니다. 그런데 진짜 누군가 집에 침입한 건가요?

"아닙니다. 알겠습니다."

한수는 전화를 끊었다.

머리가 지독하게 아파왔다.

장혁준 팀장은 누구고 누가 자신의 집에 침입한 것일까?

지금 이 상황이 전혀 이해되지 않았다.

그나마 다행인 건 저 낡은 텔레비전이 집에 고스란히 보관되어 있다는 것 정도였다.

결국 한수는 한강에 나가서 저녁을 먹으려던 것도 취소한 채 집에 머물렀다.

내일모레 촬영이 있는 데도 제대로 집중이 되질 않았다.

지금으로서는 만수르의 연락을 기다리는 것밖에 방법이 없었다. 그러는 사이 연락을 받고 박 대표가 윤환과 함께 한수의 집에 들어왔다.

두 사람은 부서져 있는 현관문을 보고는 혀를 내둘렀다.

박 대표가 거실에 앉아 있는 한수를 보며 물었다.

"야. 너 괜찮아?"

"네, 저는 괜찮아요."

"잃어버린 건 없고?"

한수가 웃으며 대답했다.

"네. 다행히 도난당한 건 없어요."

"애쉴리는?"

"아무래도 이곳에서 지내게 하는 건 좀 그럴 거 같아서 호텔로 보냈어요. 저도 호텔로 옮기려고요."

"휴, 이게 뭔 일이냐? 진짜……."

"근데 더 웃긴 건 보안업체도 말이 다 다르더라고요. 분명 장혁준 팀장이라는 사람이 왔었는데 정작 보안업체에서는 그런 사람은 없다고 하더라고요."

"뭐라고? 그게 말이야?"

"그러니까요. 이게 도대체 어떻게 된 일인지 저도 잘 모르겠어요. 하……."

한수가 헛웃음을 흘렸다.

요 며칠 동안 일어난 일은 스펙타클하기 이를 데 없었다.

그때였다.

한수 휴대폰으로 전화가 걸려왔다.

만수르였다.

한수가 다급히 전화를 받았다.

"예, 왕자님. 접니다. 네? 애쉴리요?"

-그래. 애쉴리는 지금 자네 옆에 있나?

"아뇨. 그녀는 호텔로 갔습니다."

-호텔?

"네. 내일은 되어야 기사가 와서 수리해 줄 수 있을 거 같다고 해서 오늘 하루는 호텔에서 머무를 생각이었어요. 그래서 저 혼자 집에 있었습니다. 저도 이제 곧 출발하려고요."

원래대로였으면 한수도 이미 호텔로 진즉에 내려갔을 터였다.

다만 구형 텔레비전을 어떻게 해야 하나 하는 문제 때문에 머뭇거리고 있었을 뿐이다.

"어떻게…… 알아보셨습니까?"

-그게 말일세.

만수르 왕자가 하는 말을 들으며 한수의 얼굴이 딱딱하게 굳어졌다.

믿어지지 않는 그런 이야기였다.

용산에 있는 B호텔에 늘씬한 체격의 금발 미녀가 들어서자 로비가 조용해졌다.

완벽한 이목구비에 큰 키, 그리고 서구적인 체형은 바비인형을 생각나게 할 정도였다.

그녀는 애쉴리였다.

집에 아직 남아 있는 한수와 달리 그녀 먼저 호텔로 온 것이다.

프론트에 있던 직원이 영어로 인사를 건네며 말했다.

"오늘 투숙하실 건가요? 모두 몇 분이시죠?"

그때 그녀가 웃으며 말을 건넸다.

"저 혼자 하루 머무를 생각이에요."

그런데 그녀는 능숙하게 한국어를 구사하고 있었다.

프론트에 앉아 있는 직원이 살짝 놀란 얼굴로 물었다.

“여권 좀 부탁드립니다.”

그녀가 여권을 건넸다.

U.S.A 여권이었다.

여권을 확인하며 남직원이 물었다.

“에바 로렌 양, 본인 맞으신가요?”

그녀가 고개를 끄덕였다.

“예, 맞아요.”

에바 로렌은 한강이 내려다보이는 스위트룸에 투숙했다.

그녀는 캐리어를 정리한 뒤 휴대폰을 확인했다.

암호화된 문자가 도착해 있었다.

애쉴리, 아니, 에바 로렌은 문자를 확인한 뒤 전화를 걸었다.

-에바, 일은 어떻게 진행되고 있지?

“예상대로였어요. 서재에 보관되어 있는 그 텔레비전, 그게 키인 거 같아요.”

낮고 굵은 목소리가 울리듯 퍼졌다.

-흠, 그렇단 말이지? 그 텔레비전을 입수할 수 있겠나?

“한스도 오늘 저녁 호텔로 이동하기로 했어요. 그 틈에 한번 빼내보도록 할게요."

-텔레비전을 가지고 이동할 경우에는?

"그때는 그들이 필요할 거예요."

-준비해 두지. 그런데 그 텔레비전이 키라고 생각하는 특별한 이유가 있나?

에바 로렌이 눈살을 찌푸리며 말했다.

"제이크. 지금 저를 믿지 못한다는 건가요?"

-그럴 리가. 그래도 중요한 문제니까 재차 확인하려는 거네. 이미 다른 쪽에서 움직이기 시작했어. 만수르 왕자가 고용한 자들로 보이더군.

"오전에 만수르 왕자하고 통화를 하더군요. 어쨌든 이게 키라고 생각하는 이유는 미스터 장하고 통화해 보면 알 수 있을 거예요."

-음, 미스터 장은 자네 의견을 들어보라던데?

에바 로렌이 한숨을 내쉬며 대답했다.

"그는 도난됐다는 것을 미스터 장한테 들은 뒤 제일 먼저 서재로 달려갔어요. 그렇다는 건 그곳에 귀중품이 있다는 이야기겠죠. 무엇보다 가장 중요한 게 그 안에 있다는 것일 테고 그건 그 낡은 텔레비전뿐이에요."

-알겠네. 미스터 장하고 의견이 일치하는군. 그럼 일이 끝나는 대로 연락하게.

"알았어요, 제이크."

에바 로렌은 전화를 끊었다. 그리고 그녀는 한강을 바라보며 길게 숨을 토해냈다.

이제 이 일도 얼마 남지 않은 상태였다.

그때 창가에 한수 얼굴이 스리슬쩍 떠올랐다.

에바 로렌은 애써 그 얼굴을 지워냈다.

그러나 지우려 해도 좀처럼 지워지질 않고 있었다.

한편 에바 로렌이 호텔에 체크인을 하는 사이 한수는 만수르 왕자와 통화 중이었다.

만수르 왕자가 한수에게 한 이야기는 매우 충격적이었다.

"그러니까…… 그 날 그 크루즈에서 본 애쉴리가 제 옆에 있던 애쉴리하고 전혀 다른 사람이라는 거죠?"

-그렇다네. 자네한테 이야기를 듣고 난 뒤 나는 전문가들을 불러 상황을 파악하라 했네. 그리고 그들 모두 이구동성으로 애쉴리를 가리켰네.

"……."

-자네는 그동안 몇몇 사람을 자네 집으로 초대했네. 그러나 그때만 해도 별다른 일은 일어나지 않았어. 안 그런가?

"예, 맞습니다."

-그런데 하필이면 애쉴리가 자네 집에 찾아간 그 날 문제가 생겼네. 좀도둑이라고 하기엔 없어진 게 아무 것도 없으니 좀도둑은 아니겠지.

"그렇겠죠."

만수르 왕자가 말을 이었다.

-그것 때문에 나는 애쉴리의 뒤를 캐봤네. 그 날 크루즈에 올라탔던 건 애쉴리가 맞아. 하지만 애쉴리인 척하고 자네를 찾아간 건 다른 여자였다네.

"그렇다면 진짜 애쉴리는 어디 간 겁니까? 분명 그녀는 샤넬 패션쇼에 참석했다고 했습니다. 실제로 기사도 많이 났었고요."

-그 모든 게 다 가짜였으면? 자네를 위한 트루먼쇼였으면?

"예?"

-애쉴리의 에이전시는 유령회사일세. 애초에 존재하지 않는 곳이네. 그리고 파리에서 샤넬 패션쇼를 했다고 했나? 실제로 파리에서 패션쇼가 열린 건 맞네. 하지만 애쉴리는 그 패션쇼에 참가하지 않았네.

"……그럼 그 많은 기사들은."

-다 조작된 것이네.

한수는 입술을 깨물었다.

믿어지지 않는 이야기뿐이었다.

그러나 그 정도로 여론은 쉽게 조작될 수 있는 것이었다.
누군가 가짜 뉴스(fake news)를 만들어서 배포해 버릴 경우 그게 몇 다리 건너면 진실로 포장되는 것처럼.
"도대체 그녀 배후에 누가 있는 거죠?"
-나도 잘 모르겠네. 한 가지 분명한 건 내가 파헤쳤는데도 찾아내지 못할 만큼 엄청난 조직이라는 것이네.
"감사합니다, 왕자님."
-기브 앤 테이크. 잊지 말게.
한수는 전화를 끊었다.
가만히 대화를 듣고 있던 박 대표와 윤환이 한수를 보며 물었다.
"너 아무래도…… 왠지 모르게 엄청 커다란 일이 휩쓸린 거 같은데 맞냐?"
"예, 맞아요."
한수가 자초지종을 이야기했다.
박 대표가 화들짝 놀란 얼굴로 한수를 쳐다봤다.
가끔 한수가 이상하다는 생각을 하긴 했다.
보통 어릴 때부터 두각을 보이는 경우가 많은데 비해 한수는 특별한 케이스이긴 했으니까.
그런데 무슨 영화에서나 볼 법한 이런 일들이 생긴다는 게 뜻밖이었다.

여론 조작에 첩보라니.

"애쉴리는 어떻게 할 거야? 지금 호텔에 투숙 중인 거 맞아?"

"그럴 거예요. 내일 비행기라고 했으니까요."

"그렇다는 건…… 내일 애쉴리, 아니, 그녀가 귀국하게 되면 누가 네 뒤를 캐고 있는지 전혀 모르게 된다는 이야기구나."

"그렇죠."

한수는 고개를 끄덕이면서 서재에 있는 텔레비전을 생각했다.

그들은 자신이 저 텔레비전을 중요하게 생각하고 있다는 걸 분명히 알고 있을 터였다.

그렇다면 언제고 저 텔레비전을 노릴 게 뻔했다.

애초에 누군가 집을 침입했다는 이야기를 들었을 때 서재부터 달려간 게 실수였다.

장혁준 팀장과 애쉴리 둘 다 그 모습을 뻔히 보고 있었기 때문이다.

한수는 애쉴리에게 먼저 가 있으라고 했던 J호텔로 전화를 걸었다. 그리고 애쉴리가 투숙했냐고 물었지만 대답은 뻔했다.

그런 손님은 투숙하지 않았다는 게 호텔 직원의 이야기였다.

한수는 전화를 끊은 뒤 애쉴리에 대해 생각했다.

그래도 그녀하고 부쩍 친해졌다고 느꼈다.

어쩌면 미래를 함께 할 수 있을지도 모른다고 생각했다.

그 정도로 애쉴리는 헌신적인 여성이었다.

그런데 그 모든 게 연출이었다고 생각하니 마음 한구석이 쓰라렸다.

솔직히 말하면 믿기 싫은 게 사실이었다.

부정하고 싶었다.

하지만 만수르가 자신한테 거짓말을 할 이유는 없었다.

그의 말은 사실일 가능성이 매우 높았다.

곰곰이 생각하던 한수가 말했다.

"일단 두 분은 돌아가세요."

"어? 너는 어쩌려고?"

"저는 집에 남아 있어야겠어요."

"그러다가 또 그놈들이 나타나면 어떻게 하게?"

윤환이 고개를 절레절레 저으며 말했다.

"한수야, 이건 아닌 거 같다. 일단 우리 집으로 옮기자."

"괜찮아요. 다 생각이 있어서 그래요."

"그래도……."

하지만 한수는 완강했다.

결국 그의 축객령에 윤환과 박 대표가 집을 빠져나왔다.

이제 집에 남은 건 한수 한 명뿐이었다.

그리고 그는 거실에 우두커니 앉은 채 이 집을 방문할 사람을 기다리기 시작했다.

누가 됐든 선한 의도를 가지고 찾아온 사람은 아닐 터였다.

에바 로렌은 여전히 호텔에서 휴식을 취하고 있었다.

강한수가 자택에서 나와 호텔로 내려오면 움직일 생각이었다.

그러나 좀처럼 강한수는 호텔로 내려오려 하질 않고 있었다.

상황이 바뀐 게 분명했다.

그녀가 전화를 걸었다.

-무슨 일이야?

"장, 그는 어떻게 됐죠?"

-아직 집에 있어.

"윤환하고 박 대표는요?"

-두 사람 모두 떠난 지 꽤 됐어. 아무래도 강한수가 너에 대해 알아차린 모양이야.

에바 로렌이 대답했다. 그 정도는 예측 범위 안에 들어 있던 일이었다.

한수가 만수르 왕자와 통화했을 때부터 에바 로렌은 자신의 정체가 들통나리라는 것을 알고 있었다.

"만수르 왕자가 알려줬을 거예요. 이미 짐작은 하고 있었어요."

-그렇겠지? 어떻게 할 거야?

에바 로렌이 입술을 깨물었다.

생각에 잠겨있던 그녀가 입을 열었다.

"당신의 생각은 어떻죠?"

-바로 움직이는 게 낫지 않을까? 시간을 끌어봤자 불리해질 뿐이야.

"좋아요. 그럼 시선을 끌어줘요. 그동안 제가 그걸 빼내겠어요."

-그래. 한 시간 뒤 보자고.

한편 자신의 집을 누군가 노리고 있다는 걸 모른 채 한수는 거실에서 서재로 자리를 옮겨 텔레비전을 보고 있었다.

현재 한수가 할 수 있는 건 이게 전부였다.

어차피 텔레비전을 어디론가 옮긴다고 해도 그들이 찾아올 게 분명했다.

차라리 그럴 바에는 그들을 맞상대하고 그 배후를 알아내는 게 더 나을 터였다.

그때였다.

갑작스럽게 텔레비전과의 접속이 끊겼다.

그 현상에 한수는 누군가 자신의 집에 왔다는 걸 알 수 있었다.

원래 한수는 경찰을 부를 생각이었다.

윤환과 박 대표도 한수에게 그것을 추천했었다.

그렇지만 경찰을 부른다면 그들은 나타나지 않을 게 분명했다. 그리고 경찰이 떠난 그 빈틈을 노릴지도 몰랐다.

어쩌면 경찰로 위장해서 자신을 만나러 올지도 몰랐다.

피아 구별이 어려워질 수도 있기 때문에 한수는 차라리 경찰을 요청하지 않은 것이었다.

그리고 열려 있는 현관문으로 하나둘 사람들이 들어오기 시작했다.

낯익은 얼굴이었다.

그들은 거실로 나온 한수를 보며 눈에 이채를 띄었다.

설마하니 아직도 집에 남아 있을 거라고는 생각도 못 했다.

한수가 개중 가장 앞서 있는 사내를 보며 말했다.

"장혁준 팀장님?"

"안녕하십니까? 강한수 씨."

"애쉴리하고는 같이 안 오셨나 보군요."

"그녀는 잠시 일이 있어서요. 피차 이야기하기 편해졌으니 용건만 말씀드리겠습니다. 그 텔레비전, 도대체 정체가 뭡니까? 분명 제가 와서 확인했을 때는 별 볼일 없는 텔레비전이었는데 말이죠."

"할머니가 제게 물려주신 텔레비전일 뿐입니다."

"알겠습니다. 그렇게 끝까지 변명으로 일관하신다면 진실을 파헤쳐보는 수박에요. 혹시 액션 영화에 출연한다고 진짜 본인이 특수요원이 된 거라고 착각하시는 건 아니겠죠?"

한수는 그 말에 멋쩍게 웃었다.

"설마요. 그런데 설마가 가끔 사람을 잡기도 하더군요."

한수는 윤환과 박 대표 두 사람을 돌려보낸 뒤 계속해서 텔레비전을 시청하며 경험치를 끌어올리는데 집중했다.

최상위 카테고리에 속하는 「영화」는 그 아래 카테고리에 비해 경험치를 쌓는 속도가 현저하게 느렸다.

그것 때문에 한수는 명성 포인트를 사용해가며 경험치를 쌓았고 「액션」 장르 하나는 완벽하게 익히는데 성공할 수 있었다.

그 대신 보상으로 받게 된 건 하나였다.

「일체감」.

처음에는 그게 무엇인가 했다.

그러나 그것이 무엇인지 알게 된 뒤 한수는 진짜 상대가 총이라도 쏘지 않는 이상 무서울 게 없어졌다.

그것은 어떤 영화든 한수가 원할 경우 그 영화에 나온 실제 주인공처럼 똑같아지는 능력이었다.

즉 이를 테면 「본 트릴로지」의 경우 제이슨 본은 미 육군 대테러부대 델타포스 출신의 대위로 CIA 특수요원으로 선발되었고 트레드스톤 작전에 참여하는 것으로 나온다.

본명은 데이비드 웹이며 트레드스톤 트레이닝 프로그램을

통해 살인 병기로 거듭나게 된다.

한수가 얻게 된 능력 「일체감」은 바로 한수가 제이슨 본 그 자체가 되어버리는 것이었다.

한수가 그들을 바라봤다.

장혁준 팀장 그리고 그 뒤에 있는 여섯 명의 남자들.

그들이 하는 행동을 보건대 전문적으로 훈련받은 요원임이 분명했다.

누군가 자신의 능력을 알아내고 싶어 해서 그들을 보낸 것이다.

한수는 몸을 풀며 그들을 상대할 준비를 하기 시작했다.

장혁준 팀장이 그 모습에 웃음을 터뜨렸다.

그것도 잠시 그가 싸늘한 목소리로 소리쳤다.

"제압해!"

그러나 그것도 잠시 그의 웃음기가 사라지는데 걸린 시간은 불과 몇십 초 정도였다.

장혁준 팀장은 지금 이 상황을 믿을 수 없었다.

상대가 폴 그린그래스 감독의 신작 영화에 주연 배우로 캐스팅됐다는 소식은 익히 들어 알고 있었다.

그렇지만 그건 어디까지나 연기일 뿐이었다.

그가 알기로 한수는 제대로 된 무술 훈련을 받은 적이 없었다.

하지만 지금 그가 자신의 부하들을 상대로 보여주는 모습은 특공무술을 익힌 전투교관에 가까웠다.

한수를 향해 달려들다가 눈 깜짝할 사이에 세 명이 제압당했다. 그리고 나머지 부하들이 제압당하는 데 걸린 시간은 몇십 초밖에 되지 않았다.

다들 방심한 것도 영향을 미치긴 했지만 그 정도로 한수가 무지막지하게 강하다는 의미이기도 했다.

장혁준 팀장이 떨떠름한 얼굴로 한수를 바라봤다.

이 정도 피해는 생각지도 않았다.

그들은 신분이 없었다.

이곳에서 정체가 발각나면 안 되는 일이었다.

하지만 한수 한 명을 제압하는 일이 어렵기 짝이 없었다.

장혁준 팀장이 한수를 노려보며 물었다.

"……이게 어떻게 가능한 겁니까?"

"글쎄요. 대답해 드리기 어렵군요."

"진짜 당신은 뭐하는 사람인 거죠?"

"궁금하면 저를 제압하면 됩니다."

장혁준 팀장이 허리춤을 더듬었다.

권총이 잡혔다.

차라리 총을 쏴서 그를 제압해야 하나 하는 생각이 들었다.

그러나 총기류를 쓰는 순간 일은 틀어지고 만다.

은밀함을 가장 중요시하는 그들에게 그것은 최악의 선택이다.

'에바, 도대체 어디 있는 거지?'

장혁준 팀장이 입술을 깨물었다.

지금 믿을 사람은 에바 로렌뿐이었다.

그녀는 어렸을 때부터 혹독하게 훈련을 받았다. 그녀라면 강한수를 제압할 수 있을 터였다.

하지만 에바 로렌은 나타나지 않았고 결국 장혁준 팀장이 허리춤에서 권총을 꺼내려 했다.

그러나 한수는 그보다 한발 앞서 움직이고 있었다.

아까 전부터 허리춤을 뒤적이던 장혁준 팀장의 행동이 수상쩍었기 때문이다.

단숨에 장혁준 팀장을 제압한 뒤 한수는 그를 기절시켰다.

그렇게 순식간에 일곱 명이 제압당했다.

한수가 채널 마스터의 능력을 이용, 영화 속 첩보요원으로 등장한 제이슨 본의 능력을 백 퍼센트 활용했기에 가능했던 일이었다.

그들을 모두 제압한 뒤 한수는 기절해 쓰러져 있는 이들의 품 안을 뒤적거렸다.

쓸 만한 정보가 없을까 하는 생각에서였다.

몇몇 사람 품에서 지갑이 발견됐다.

그러나 평범했다. 서울에 살고 있는 평범한 소시민들뿐이었다.

하지만 이들에게는 숨겨진 무언가가 있었다.

그것을 알아보고자 할 때였다.

끼릭-끼릭-

날카로운 소리가 들렸다.

한수는 이 소리가 무슨 소리인지 알고 있었다.

리볼버에서 총알이 장전되는 바로 그 소리였다.

뒤통수가 싸늘했다.

그의 뒤에 그녀가 서 있었다.

애쉴리, 아니, 이제는 누군지 모르는 그 여자.

그리고 낯익은 목소리가 들렸다.

"놀랍네. 장을 비롯한 이들 모두를 제압할 줄이야. 생각지도 못한 일이었어."

한수가 고개를 돌리려 했다.

그러자 그녀가 한수에게 명령했다.

"조금이라도 더 돌리면 그때는 쏠 거야. 머리가 관통되고도 살아남을 수는 없겠지?"

그녀 목소리는 싸늘하기만 했다.

불과 며칠 전까지만 해도 하하호호 웃던 그녀가 아닌 것처럼 느껴졌다.

한수가 물었다.

"너는 누구지?"

"나? 의뢰를 받고 움직일 뿐이야. 이번에는 그 의뢰가 조금 길었을 뿐이고."

"의뢰?"

"너에 대해 궁금해하는 사람이 참 많아. 어떻게 하면 인간이 단기간에 그렇게 많은 능력을 얻을 수 있는지 궁금해하거든."

한수가 입술을 깨물었다.

그녀가 재차 말을 이었다.

"개중에서 가장 많은 돈을 주겠다고 한 클라이언트가 의뢰를 해왔어. 네 비밀을 알아봐달라고. 그러면 억만금을 주겠다고. 그래서 그 의뢰를 수락한 것뿐이야."

"내 비밀?"

"응. 서재에 있는 저 텔레비전. 저 텔레비전에 해답이 있겠지?"

한수가 뭐라고 재차 말을 꺼내려 할 때였다.

그녀가 총을 휘둘렀고 둔탁한 느낌과 함께 눈앞이 어질어질해졌다. 그리고 한수는 이내 기절하듯 쓰러지고 말았다.

다음 날 아침 한수가 잠에서 깨어났다.

그가 제일 먼저 본 건 새하얀 벽이었다. 그리고 바로 옆에는 의학 드라마에서 자주 보는 그 생체신호 모니터링 기기가 놓여 있었다.

한수가 의식을 회복하고 눈을 뜨자 간이의자에 앉아 있던 윤환이 다급한 목소리로 물었다.

"야! 너 괜찮아?"

"으으…… 여기는 어디예요?"

"어디긴. 병원이지."

"어떻게 된 거예요?"

"어떻게 되긴. 집에 가다가 걱정되어서 다시 너네 집으로 돌아왔지. 그랬더니 웬 이상한 사람들이 네 집에서 나오더라고. 그래서 경찰 분들이 그 사람들 쫓는 동안 나하고 석준 형은 네 집에 들어갔는데 네가 거실에 누워 있더라."

"제가요?"

"어. 머리는 뭐에 맞았는지 피가 나고. 그래서 황급히 119 불러서 너 데리고 병원에 찾아온 거야."

한수가 이를 악문 채 애써 몸을 일으켰다.

머리를 동여맨 붕대가 뒤늦게 느껴졌다.

그것도 잠시 한수가 윤환을 보며 물었다.

"서재에 있던 제 텔레비전, 텔레비전은 어떻게 됐어요?"

"내가 그거 알아볼 정신이 있었겠냐? 네가 다 죽어가는데?"

그때 담배를 피러 나갔다가 뒤늦게 들어온 박 대표가 대신 대답했다.

"내가 한 번 둘러봤는데 네 텔레비전은 안 보였어. 누가 가져간 모양이야."

"……후."

"야! 그 텔레비전이 뭐가 중요하다고 그래? 네 건강이 제일 중요하지. 안 그래?"

"죄송해요. 제게는 정말 중요한 거라서…… 어?"

이를 악문 채 눈을 감았던 한수가 당황스러운 마음에 눈을 휘둥그레 떴다.

텔레비전이 사라졌는데도 불구하고 알람창은 그대로 떠오르고 있었다.

'도대체 이게…….'

한수가 당혹스러워할 때 윤환이 물었다.

"왜 그래? 뭐 기억 안 나? 어디 안 좋아?"

"그, 그건 아니고……. 저 잠깐만 쉬어도 될까요? 아직 머리가 좀 아파서요."

"그래, 그래그래. 그리고 너 내일 촬영 잡힌 거 그건 못 간다고 이야기해 놨어. 월요일 촬영은 일단 너 증상 마저 보고 연락 주기로 했으니까 걱정 말고. 정 안 되면 황 피디님한테 사정 이야기하고 취소할 테니까 몸 관리부터 잘해. 알았지?"

박 대표가 억지로 윤환을 끌고 병실을 빠져나갔다.

병실에 홀로 남은 한수는 다시 한번 눈을 감았다.

여전히 알림이 문제없이 뜨고 있었다.

한수가 속으로 생각했다.

'어떻게 나하고 연결되어 있는 거지? 텔레비전은 없어졌잖아.'

얼마 지나지 않아 알림이 떠올랐다.

-저는 어디에나 존재할 수 있습니다.

"응?"

한수가 그 말에 눈을 동그랗게 떴다.

텔레비전 없이는 구동이 되지 않는 게 아니었던가?

그러자 재차 알림이 나타났다.

-울티 원과 결합한 뒤 저는 업그레이드되었고 인터넷을 통해 어디든 연결이 가능해졌습니다. 한때 그 텔레비전에 저는 갇혀 있어야 했지만 지금은 아닙니다.

한수가 물었다.

"그러면 그 텔레비전은 이제 매개체로 쓰지 않아도 되는 거야?"

그때였다.

병실에 있던 텔레비전이 지지직거리더니 제멋대로 켜졌다. 그리고 그곳에 알림이 떠올랐다.

-그렇습니다. 매개체는 필요 없어졌습니다.

한수는 그 말에 웃음을 터뜨렸다.

어떻게 해서든 텔레비전을 지켜내려 했는데 정작 그것이 아무짝에도 소용없는 일이 되어버리고 말았다.

그뿐이랴.

예전에 그 텔레비전을 분해해 보려 하다가 황금알을 낳는 거위의 배를 자르는 것 같아서 시도조차 못 했던 일이 생각났다.

그 모든 게 다 뻘짓이었던 셈이다.

한수가 인상을 구긴 채 물었다.

"왜 진즉에 말 안 한 거지?"

-물어보지 않으셨습니다.

한수는 그 말에 한숨을 길게 내쉬었다.

그러나 그것도 잠시 한결 마음이 놓였다.

어찌 됐든 앞으로 채널 마스터의 능력을 잃어버릴 일은 없어졌기 때문이다.

'애쉴리는 어디서 뭘 하고 있을까?'

문득 그게 궁금했다.

에바 로렌은 의뢰를 완수한 뒤 비행기를 타기 위해 움직였다.

의뢰를 완수했으니 이제 귀국하고자 함이었다.

다만 그녀가 타고 있는 비행기는 민간 비행기가 아니었다.

그녀는 인천국제공항이 아닌 오산 미7공군기지에서 군용 비행기를 이용할 생각이었다.

그녀가 한수 서재에 있던 낡은 텔레비전을 갖고 도착하자 비행기 앞에 서 있던, 정장을 입고 있는 남자가 그녀를 반겼다.

"미스 로렌. 어서 오게."

"안녕하세요, 국장님. 직접 오셨네요?"

"그만큼 중요한 일이니까. 의뢰한 물건은 입수했나?"

"여기 있어요. 잔금은 잘 챙겨주시겠죠?"

"물론이네. 늘 미스 로렌은 기대 이상으로 활약해주곤 하니까 말이야."

국장이라 불린 사내가 만면에 미소를 지었다.

그리고 그는 에바 로렌이 건넨 텔레비전을 보며 말했다.

"이것이 바로 그것이로군."

"아마 그럴 거예요. 악착같이 그것을 지키려 하더군요. 그것 때문에 장 팀장을 비롯한 팀원들이 부상을 당했을 정도였어요."

"쯧쯧, 미스 로렌이 아니었으면 제대로 일을 망쳤을 거야. 그들 모두 존재하지 않는 자들이니까."

"그보다 이걸 가지고 어떻게 하실 건가요?"

국장이 눈매를 좁혔다.

"그것까지 알려주기로 계약이 되어 있던 거 같지는 않네만."

"알겠어요. 그럼 저는 조금 쉴게요. 그건 국장님께서 알아서 하시면 되겠네요."

그녀는 빈 좌석으로 가서 앉았다.

그러는 동안 국장은 꼼꼼히 에바 로렌이 가져온 텔레비전을 확인했다.

하지만 이렇다 할 특별한 건 찾아볼 수 없었다.

아무래도 본국에 가져가서 확인을 해봐야 할 것 같았다.

그러는 사이 두 사람을 태운 미 공군 비행기가 이륙하기 시작했다.

목적지는 워싱턴에서 서쪽으로 10㎞ 떨어진 거리에 위치해 있는 버지니아주의 랭글리(Langley)였다.

한편 한수는 구형 텔레비전에 대한 생각을 훌훌 털어 날렸다.

능력이 없어진 것도 아닌 만큼 더 이상 그것에 미련을 둘 필요는 없었다.

그렇다고 하지만 배후를 알아낼 필요는 있었다.

텔레비전을 가져가서 테스트 한 이후 그게 별거 없는 평범한 텔레비전이라는 걸 알게 되면 또 무슨 짓을 저지를지 알 수 없는 일이었기 때문이다.

그러려면 힘을 키워야 했다.

그래서 그 누구도 자신을 넘볼 수 없게 만들어야 했다.

그 정도로 자신의 힘을 키울 필요가 있었다.

그러기 위해서 필요한 건 우선 돈이었다. 막대한 자금이 필요했다.

그뿐만이 아니었다. 영향력도 있어야 했다.

이번 일도 자신을 손쉽게 여겼기 때문에 벌어진 일이었다.

그렇게 고민하고 있을 때 한수를 찾아온 손님이 한 명 있었다.

한수가 눈을 동그랗게 뜨며 그를 바라봤다.

그가 웃으며 말했다.

"오랜만일세."

"……왕자님이 여기를 어떻게?"

"자네가 다쳤다고 하는데 어떻게 기다리기만 하겠나? 걱정돼서 와봤지."

그는 만수르 왕자였다.

그가 재차 말했다.

"아, 그리고 그녀가 누군지 알아냈다네."

"예? 아, 애쉴리 말인가요?"

"그녀 이름은 애쉴리가 아닐세. 그녀 이름은 에바 로렌. 특수 의뢰를 받고 활동하는 전문 요원이기도 하지."

"에바 로렌……."

그녀의 이름을 조심스럽게 불러보던 한수가 만수르를 쳐다봤다.

어쩌면 그는 에바 로렌의 배후도 알고 있을 수 있었다.

한수가 물었다.

"그녀는 누구를 위해 일한 거죠?"

그러자 만수르가 말없이 사진을 꺼내놓았다.

그리고 그가 꺼내놓은 사진에는 레이 커즈와일이 정장을 입고 있는 낯선 남자가 함께 찍혀 있었다.

CHAPTER 3

사진을 본 한수가 눈매를 일그러뜨렸다.

설마 했지만 예상했던 게 들어맞았다.

구글의 레이 커즈와일, 그녀가 이번 사건과 연관되어 있었다.

한수는 만수르 왕자를 보며 물었다.

"이 사진, 진짜입니까?"

"진짜가 아니었으면 내가 자네한테 보여줬겠나?"

"……그렇겠죠."

만수르 왕자는 자신의 후원자이자 자신을 누구보다 좋아하는 사람이다.

그가 자신을 속일 이유는 없다.

즉 이 사진은 진본이라는 의미다.

그러나 이 남자는 한수는 처음 보는 인물이었다.

한수가 만수르 왕자를 보며 물었다.

"이 남자는 누구죠? 레이 커즈와일은 알아보겠는데 이 남자는 누구인지 모르겠군요."

"마이클 포드, CIA의 국장이네."

"CIA가 어째서……."

"아마 자네를 의심하고 있는 게 아닐까? 그동안 자네가 해온 일들을 생각해 보게. 누구라도 의문을 품을 수밖에 없을 거야."

한수가 그 말에 고개를 끄덕였다.

만수르 왕자의 말대로다.

「싱 앤 트립」을 찍기 전까지만 해도 한수는 국내에서만 활약을 이어갔다.

그 정도로는 CIA나 다른 정보조직에서도 크게 관심을 가지지 않았을 것이다.

문제는 「싱 앤 트립」 이후다.

그때 한수는 런던에서 촬영을 하던 도중 여러 가수의 관심을 끌었다.

노엘 갤러거, 에릭 클랩튼, 폴 매카트니, 에드 시런 등 그들의 관심을 한 몸에 사게 됐고 그러면서 일약 한스 신드롬을 일으키게 됐다.

아마도 그때부터였을 것이다.

그리고 그게 정점에 이르렀던 건 한수가 축구 선수로 맨체스터 시티에서 뛰며 트레블을 거머쥐었을 때다.

누구나 의심할 수밖에 없는 상황이 만들어진 셈이다.

문제는 레이 커즈와일이 왜 이랬냐 하는 것이다.

왜 그녀가 CIA의 국장하고 접촉을 가졌냐 하는 점이다.

답은 하나뿐이다.

이미 정해져 있는 것이나 다름없었다.

「울티 원」.

그 인공지능 때문이다.

한수가 「울티 원」과 접촉한 뒤 문제가 생겼다.

그 시간 동안 「울티 원」의 모든 기록이 삭제됐다.

구글 입장에서, 또 「울티 원」을 총괄하고 있는 레이 커즈와일 입장에서 심각한 일로 받아들일 수밖에 없었을 것이다.

그래서 그녀는 CIA에 의뢰를 한 것이고 CIA의 국장 마이클 포드는 「울티 원」이 말썽을 일으킨 것을 미국 국익에 치명적인 손상이 될 수 있다고 생각해서 겸사겸사 조사에 들어간 것이리라.

어쨌든 텔레비전은 더 이상 필요 없어졌다.

예전처럼 그것을 신줏단지 모시듯 할 필요는 없어졌지만 그래도 그것은 할머니가 한수에게 남긴 것이었다.

한수가 생각에 잠겨 있을 때 만수르가 한수를 보며 말했다.

"일단 자네 경호원을 조금 더 늘려야 할 거 같네."

"예, 그건 생각하고 있습니다."

"그냥 연예 기획사에서 소속 연예인에게 붙여주는 그런 경호원 말고 실력 좋은 경호원들이 필요할 거야. 내가 추천해 줄 수도 있고 아니면 주변에 아는 사람들이 있나?"

"일단 한 명 연락해 볼 사람이 있긴 합니다."

"그래?"

한수가 고개를 끄덕였다.

오래전 방송을 하면서 친해진 사람이 여럿 있었다.

그들한테 한번 연락을 해볼 생각이었다.

한수가 경호원들을 고용하고 주변의 안전을 도모하려 할 때 CIA 국장 마이클 포드는 CIA 소속 과학자들이 에바 로렌이 가져온 텔레비전을 분해하는 모습을 지켜보고 있었다.

엄청 낡은 텔레비전이었다.

실생활에서 쓰기엔 어려운 것이었다.

그런데 강한수는 저 텔레비전을 줄곧 사용 중에 있었다.

그뿐만 아니라 저것을 서재에 보관한 채 그 누구의 접근도 허락하지 않으려 했다.

그렇다는 건 저 텔레비전에 무언가 특별한 비밀이 숨겨져 있다는 의미였다.

과학자들이 무언가를 찾아내길 바라야 했다.

에바 로렌이 아니었으면 CIA 요원들이 남의 국가에서 버젓이 활동하고 있던 게 제대로 발각될 뻔했으니까.

그렇게 과학자들은 순조롭게 텔레비전을 분해했지만 이렇다 할 것들을 발견하지 못하고 있었다.

골동품 파는 가게에서 흔히 주워올 수 있는 그런 고물 텔레비전이었다.

한 과학자가 연구실에서 나왔다. 그리고 마이클 포드에게 다가와서 물었다.

"마이클, 이거 진짜 한스가 사용하던 그 텔레비전 맞습니까?"

"무슨 문제라도 있습니까? 에바가 실수를 했을 리는 없을 텐데?"

"제대로 구동도 되지 않는 텔레비전이야. 이런 건 얼마를 준다고 해도 가져다 쓰지 않을 거라고."

"……그럴 리가."

마이클 포드가 눈매를 좁혔다.

그가 과학자를 보며 물었다.

"무언가 놓친 게 있는 거 아닌가? 그 한스가 신줏단지처럼 모셔두고 있던 텔레비전이란 말일세. 그가 이걸로 초인적인 능력을 얻은 게 아니었단 말인가?"

"아무래도 그건 아닌 듯하네."

마이클 포드가 한숨을 내쉬었다.

이것으로 강한수의 능력을 밝힐 수 있다고 생각했지만 그건 선부른 판단이었던 모양이다.

마이클 포드가 과학자를 보며 물었다.

"그럼 어떻게 해야 그의 실체를 파악할 수 있겠는가?"

"방법은 하나뿐이지."

"설마……."

"그를 잡아다가 뇌를 해부해 보는 수밖에 없지 않겠나? 아마도 그건 그의 뇌가 특별해서일 거야. 그리고 그 비밀을 파헤칠 수 있다면 초인의 능력을 지닌 병사들을 다량으로 양성해 낼 수도 있겠지. 그렇게 되면 굳이 막대한 돈을 들여 전쟁을 치를 필요도 없어질 테고. 안 그런가?"

"……생각해 보도록 하겠네."

이번 일로 한번 위험한 고비를 넘긴 마이클 포드다.

평범한 일반인도 아니고 전 세계적으로 유명세를 떨치고 있는 톱스타를 납치한다는 건 쉬운 일이 아니었다.

그러나 생각해 보면 생각해 볼수록 마음에 놓인 저울추가 한쪽으로 쏠리는 건 어쩔 수 없는 일이었다.

한수는 예정되어 있던 스케줄을 소화하기로 했다.

도난을 당했고 여자친구였던 애쉴리, 아니, 에바 로렌이 감쪽같이 사라져 버렸지만 그것은 이미 지난 일이었다.

이제는 앞일을 준비해야 했다.

그렇게 예정된 스케줄을 소화하기로 하는 한편 한수는 한 사람에게 전화를 걸었다.

그가 전화를 건 상대는 다니엘이었다.

얼마 지나지 않아 전화가 걸렸다.

"다니엘, 오랜만이에요. 잘 지내고 있죠?"

-한스? 진짜 오랜만인데? 나야 문제없지.

"바쁜 일 없으면 잠깐 통화 좀 가능해요?"

-그럼. 무슨 일이야?

다니엘, 그는 「내가 생존왕」을 촬영할 때 카메라 스태프를 해줬던 사람이었다.

베어 그릴스의 친구이자 동료로 전직 SAS 대원이기도 했다. 여기서 SAS는 영국의 특수부대 Special Air Service의 약자이기도 하다.

한수는 다니엘에게 말했다.

"다른 게 아니고 요 며칠 문제가 생겼었어요. 우리 집이 도난당하고 누군가 저를 공격하려 들었거든요. 그래서 한동안 제 안전을 책임져 줄 경호원이 필요해요. 그런데 모르는 사람보다는 믿을 수 있는 사람이 한결 더 나을 거 같아서요."

-그래서 내게 전화를 한 거군.

"예, 현명한 선택을 내린 것 같지 않나요? 어때요? 보수는 섭섭하지 않게 해드릴게요."

-흠, 나 한 명만 원하는 거야? 아니면 베어하고 사이먼도 필요로 하는 거야?

"베어는 보고 싶지만 어려울 거 같아요. 아무래도 얼굴이 많이 알려져 있잖아요. 사이먼은 괜찮겠네요."

성격은 싸가지 없지만 사이먼의 실력은 나쁘지 않다.

두 사람이면 충분할 듯했다.

게다가 정 안 되면 한수도 한손 거들 수 있다.

-좋아. 사이먼하고 한번 연락을 해볼게. 어차피 베어가 디스커버리 하고 틀어진 뒤 일거리가 없어서 그냥 농땡이 피우던 중이었거든. 잘 됐지.

"다행이네요."

-아직 한 가지를 안 물었네. 상대는 누구야? 잡범 때문에 우리를 고용하려 하는 건 아닐 거 아니야?

"CIA인 거 같아요."

-CIA라…… 훌륭하군. 늦어도 12시간 안에는 연락을 줄게.

"고마워요, 다니엘."

한수가 전화를 끊었다.

만수르가 그런 한수를 보며 물었다.

"그는 믿을 만한 사람인가?"

"예, 믿을 수 있는 사람이에요."

촬영 기간은 2박 3일뿐이었다.

그러나 그 기간 동안 한수는 다니엘을 신뢰할 수 있는 사람이라고 생각하게 됐다.

게다가 그는 전직 SAS 출신의 특수요원이다.

자신의 경호를 맡기기에 충분한 인물이다.

만수르가 웃으며 말했다.

"만약 그들이 어렵다고 하면 내게 말하게. 날 경호해 주는 인력을 일부 보내주도록 하지."

"감사합니다, 왕자님."

"고마우면 다음에 한 번 더 나를 위해 맨체스터 시티에서 뛰어주면 되네. 겸사겸사 발롱도르까지 자네가 받는다면 더할 나위 없이 좋고."

그 의미인즉슨 한 시즌이 아닌 두 시즌을 뛰어달라는 의미였다.

한수가 어색하게 웃었다.

지금 당장은 불가능한 일이었다.

"부담스럽게 생각하진 말게. 바로 당장은 어렵다는 걸 알고 있으니.”

“편의를 봐주셔서 감사합니다.”

“그러면 나도 이만 가보도록 하겠네. 해야 할 일이 워낙 많아서 말이야.”

만수르 왕자가 떠난 뒤 한수는 1인 병실로 홀로 남았다.

한수는 앞으로 어떻게 해야 할지 고민하면서 생각을 정리했다.

과도하게 능력을 남발한 것 때문에 사람들의 이목을 끌었다.

그것 때문에 자칫 잘못했으면 납치를 당할 뻔했다.

생각만 해도 끔찍한 일이었다.

그들이 납치를 생각 안 했기에 망정이지 만약 납치도 생각 중이었으면 에바 로렌한테 당했던 바로 그때 납치를 당했을지도 몰랐다.

그것을 생각해 보면 이렇게 수동적으로 대응해서는 안 됐다.

보다 더 공격적으로 먼저 치고 나갈 필요가 있었다.

그들한테 일일이 휘둘릴 수는 없는 노릇이었다.

원래대로라면 그게 불가능하겠지만 자신에게는 「울티 원」의 능력을 흡수한 채널 마스터가 있었다.

어쩌면 거기에 해답이 있을지도 몰랐다.

한수는 눈앞에 홀로그램 창을 띄웠다.

채널 마스터의 모든 힘이 고스란히 나타났다.

「채널 테크 트리」가 나타났다.

그동안 자신이 확보한 여러 채널 중 최하위 카테고리에 해당하는 것들은 열매였다.

그리고 최상위 카테고리로 올라가면 올라갈수록 그것들이 나뭇가지와 줄기를 형성하고 있었다.

그 채널 마스터의 뿌리에 해당하는 건 「지상파」였다.

그러나 그보다 더 아래 무엇이 존재할지는 알 수 없는 일이었다.

그런데 한쪽에는 나 홀로 꽃을 피워낸 것도 있었다.

그것은 「유튜브(Youtube)」였다.

기존에 한수가 갖고 있던 채널의 범주 안에 들어간 것이 아니고 이질적으로 취급되고 있었다.

「울티 원」과 채널 마스터가 결합하면서 낳은 결과물이었다.

가만히 그것을 보던 한수는 「울티 원」의 능력을 어떤 식으로 활용할 수 없을지 고민해 보기 시작했다.

그것도 잠시 그는 채널 마스터로 「울티 원」의 데이터베이스에 접속을 시도했다.

얼마 지나지 않아 접속이 완료됐다.

그러면서 「울티 원」이 다량으로 보유하고 있는 각종 정보들이 하나도 빠짐없이 나타나기 시작했다.

정부나 기업 등의 비윤리적 행위와 관련된 비밀문서를 고발

하는 위키리크스(WikiLeaks)처럼 한수는 세계 여러 정부가 저지른 비윤리적인 행위를 낱낱이 들여다볼 수 있었다.

「울티 원」이 습득하고 있는 정보를 채널 마스터가 함께 읽어내고 있는 것이었다.

그는 개중에서 레이 커즈와일과 CIA 국장 마이클 포드에 집중했다.

그들이 자신을 배후에서 공격하려 했던 자들이다.

그들을 실각시킬 수 있다면 당분간은 문제없을 터였다.

그때 「울티 원」이 또 다른 정보를 입수했다.

그것은 한수에게 고스란히 알려졌다.

CIA 연구소에 설치된 카메라를 통해 촬영된 것이었다.

"그럼 어떻게 해야 그의 실체를 파악할 수 있겠는가?"

"방법은 하나뿐이야."

"설마……."

"그를 잡아다가 뇌를 해부해 보는 수밖에 없지……."

그때 노이즈가 걸렸다.

지지지직-

미묘한 잡음이 머릿속을 파고들었다.

그와 함께 헤아릴 수 없는 정보의 파도에 한수는 그대로 눈을 까뒤집은 채 기절해 버리고 말았다.

한수가 정신을 차린 건 여섯 시간이 지난 뒤였다.

한수는 조금씩 눈을 떴다. 여전히 머릿속이 이리저리 헝클어진 것 같았다.

저 멀리 윤환이 하얀색 가운을 입은 의사하고 대화 중인 모습이 보였다.

"그래서 언제 깨어나는 겁니까?"

"그건 저희도 알 수 없습니다. 아까 전에도 말씀드렸지만 이건 의학적으로는 설명이 불가능한 일입니다."

"그러니까 알아듣기 쉽게 설명을 해주십시오."

"저도 정확히는 모릅니다. 그건 MRI를 찍어봐야 알 수 있어요."

"하, 도대체 이게 무슨 일인건지……."

그들의 이야기를 듣던 한수가 가까스로 윤환을 불렀다.

"형."

마치 의사의 멱살을 쥘 것처럼 격한 모습을 보이던 윤환이 한수 목소리를 듣고는 다급히 달려왔다.

"야! 너! 도대체 무슨 짓을 한 거야?"

"으, 몇 시간 지났어?"

"뭐가? 아, 만수르 왕자님이 떠난 뒤 여섯 시간? 그 정도 지났어."

"……도대체 뭐가 어떻게 된 거야?"

그때 윤환하고 대화를 나누고 있었던 의사가 한수에게 다가왔다.

그가 한수를 보며 물었다.

"한수 씨, 괜찮으세요?"

"네, 이제는 조금 괜찮은 거 같습니다. 그보다 무슨 일이 있었던 거죠?"

"그게…… 한수 씨가 한 여섯 시간 기절해 있었습니다. 왜 그랬는지는 아직 밝혀내지 못했고요. 그래서 말인데 한번 뇌 MRI를 찍어보시는 건 어떨지……."

한수가 고개를 저었다.

지금 CIA에는 자신의 뇌를 해부하고 싶어 하는 박사가 있다.

그런데 뇌 MRI를 찍는다는 건 그들에게 자신의 정보를 송두리째 넘기겠다는 의미다.

어쩌면 이 병원에도 자신을 감시하고 있는 사람들이 있을지 모를 일이기 때문이다.

"괜찮습니다. 이만 퇴원해도 될까요?"

"예? 아직은 안정을 취하셔야……."

"아닙니다. 퇴원하겠습니다."

한수가 단호하게 말했다.

그 모습을 보던 윤환이 한수를 붙잡으며 물었다.

"야. 왜 그래? 너 그러다가 갑자기 악화되면 어떻게 하려고? 조금 더 입원해 있는 게 낫지 않겠어?"

"아니에요. 괜찮아요. 이제는 멀쩡할 거예요."

한수는 몸을 일으켰다.

그리고 그는 먼저 중환자실을 빠져나왔다.

머뭇거리던 윤환이 그 뒤를 바짝 쫓았다.

한수가 퇴원 수속을 밟고 병원비를 계산한 다음 병원을 빠져나왔다. 그리고 한수가 윤환을 보며 말했다.

"형, 저 집까지 태워다줘요."

"어? 그, 그래. 그렇게 하자."

윤환은 병원 주차장에 세워뒀던 자신의 차로 향했다.

그리고 한수가 조수석에 탄 뒤 그들은 빠르게 병원을 벗어났다.

병원을 벗어난 뒤 윤환이 한수를 보며 물었다.

"야. 너 괜찮아?"

"예, 별문제 없어요. 걱정 마요."

윤환이 떨떠름한 얼굴로 한수를 바라봤다.

아무리 봐도 그가 걱정스러웠다. 특히 아까 전 한수가 눈을 까뒤집은 채 기절해 있던 것을 봐서인지 마음이 놓이질 않았다.

윤환이 재차 물었다.

"내 생각에는 다른 병원이어도 좋으니까 며칠 머무르면서 정밀 검사를 받아보는 게 더 안전하지 않을까?"

"아니요. 저는 멀쩡해요. 걱정하지 않아도 돼요."

“휴, 네가 그렇게 말한다면 뭐 그렇겠지만…….”

윤환은 결국 입을 다물었다.

정작 본인이 문제가 없다고 하는데 계속 권유할 수도 없는 노릇이었다.

그러는 사이 윤환이 운전 중인 자동차가 한남동에 도착했다.

여전히 한수의 집은 엉망진창인 상태였다.

현관문은 부서졌고 집안 곳곳은 난장판이었다.

윤환이 한수를 보며 조심스럽게 물었다.

“정말 여기서 머무르게?”

“예, 괜찮아요. 아, 형 내일 촬영 준비는 잘했어요?”

“뭐? 너 내일 촬영하게?”

“예, 그래야죠. 어디 아픈 것도 아닌데 약속은 지켜야죠. 황피디님이 목이 빠지도록 우리를 기다릴 텐데요?”

윤환은 어처구니없는 얼굴로 한수를 바라봤다.

정말 지금 한수가 제정신이 맞는 건가 하는 생각이 들었다.

못해도 며칠 정도는 꾸준히 안정을 취해줘야 할 것 같은데 촬영을 하겠다는 그의 생각을 이해할 수 없었다.

하지만 한수는 진심인 것 같았다.

“일단…… 내일 보는 걸로 하자. 좀 쉬어둬.”

“고마워요, 형.”

윤환이 돌아간 뒤 한수는 그제야 숨을 길게 내쉬었다.

여섯 시간 전 한수는 「울티 원」의 정보에 깊숙이 파고들었다. 그리고 그 정보가 한계 용량을 넘어섰을 때 한수는 기절해버리고 말았다.

그러나 인간의 뇌는 무척 신비로웠다.

그뿐만 아니라 채널 마스터가 자신의 주인을 보호했다.

「울티 원」에게서 쏟아지는 어마어마한 양의 정보를 채널 마스터가 압축시켰고 그것을 한수의 뇌에 차곡차곡 저장시켰다.

그 덕분에 지금 한수의 머릿속은 「울티 원」이 그동안 수집해 뒀던 온갖 정보들이 포화된 채 남겨져 있었다.

이 모든 정보들을 흡수한 건 아니었다.

개중 일부분을 흡수했을 뿐이었고 나머지 정보는 압축된 채 뇌 속에 보관되어 있었다.

그것 때문에 한수는 여섯 시간 동안 기절해 있을 수밖에 없었다.

그러나 지금은 한결 나아진 상태였다.

그때 휴대폰이 울렸다.

다니엘이었다.

한수가 반가운 마음에 전화를 받았다.

“다니엘, 어떻게 됐어요?”

-어이, 애송이! 네가 우리를 고용하겠다고?

“사이먼?”

-그래. 나다. 정말 우리를 고용할 생각이냐?

“다니엘하고 사이먼, 두 사람을 고용할 생각이 있어요.”

-우리 몸값은 꽤 비싼 편인데?

“몸값은 신경 안 쓰는 거 알잖아요.”

사이먼이 투덜거리는 소리가 들렸다.

그것도 잠시 사이먼이 말했다.

-좋아. 그러면 언제까지 한국으로 가면 되지?

“내일 당장요.”

-알겠다. 그럼 계약은 그때 만나서 조정해 보자고.

전화를 끊은 뒤 한수는 마음을 놓았다.

일단 두 사람이 자신을 경호해 준다면 마음은 무척 든든해질 터였다.

전화를 끊은 뒤 한수는 눈을 감고 누웠다.

지금 가장 급한 건 머릿속에 가득 쌓인 이 정보를 자신의 것으로 녹여내는 작업이었다.

한수가 「울티 원」으로부터 흡수한 정보를 확인하는 동안 레이 커즈와일은 급작스럽게 온 연락을 받고 새벽 무렵 구글 본사로 나와 있었다.

그녀는 눈매를 좁힌 채 수석연구원 윌리엄 크루버를 노려보며 물었다.

"윌리엄, 도대체 뭐가 어떻게 된 일이죠?"

"그게…… 여섯 시간 전 「울티 원」의 모든 데이터베이스가 통째로 이동되어 버렸습니다."

"지금 무슨 이야기를 하고 있는 겁니까? 그게 말이 돼요? 이건 내부자가 아니면 할 수 없는 일이에요. 그리고 「울티 원」의 데이터베이스에 아무 때나 접근 가능한 건……."

윌리엄 크루버가 씁쓸한 목소리로 중얼거렸다.

"저 아니면 레이 커즈와일 이사님, 둘밖에 없죠."

레이 커즈와일이 눈을 빛내며 말했다.

"맞아요, 윌리엄. 그런데 저는 이곳에 오기 전까지 여기 없었어요. 그 시간 저는 버지니아주에 있었다고요. 그렇다는 건 제가 당신을 의심해 봐야 한다는 건가요?"

"그러나 저도 「울티 원」의 데이터베이스에 접속한 적이 없습니다. 그것은 아마 레코드를 확인해 보면 알 수 있으실 겁니다."

레이 커즈와일이 눈매를 좁혔다.

아무리 생각해 봐도 석연찮은 일이었다.

윌리엄 크루버는 구글에서도 핵심 인사라고 할 수 있다. 「울티 원」을 총책임자인 그가 매년 구글에서 받아가는 돈은 수백만 달러다.

그뿐만 아니라 그는 구글의 스톡옵션 역시 보유 중이었다.

자신 발로 구글을 나가지 않을 경우 행사할 수 있는 권한이었다.

지금 구글의 주가가 1주에 2,300달러인 걸 생각해 보면 윌리엄 크루버가 갖고 있는 스톡옵션은 어마어마한 것이었다.

그것을 생각해 볼 때 윌리엄 크루버가 「울티 원」의 데이터베이스를 몰래 빼돌렸다고는 볼 수 없었다.

즉 내부자가 아닌 외부자의 소행이라고 봐야 했다.

하지만 「울티 원」의 보안 체계는 백악관보다 훨씬 더 이중삼중으로 보호되고 있었다.

그것을 생각해 보면 외부자가 저질렀다고 보기에도 애매모호했다.

레이 커즈와일이 눈살을 찌푸렸다.

내부자도 아니고 외부자도 아니다. 그렇다면 단순히 오류라고 봐야 할까? 그렇다고 하기엔 또 석연찮은 점이 없지 않아 있었다.

결국 레이 커즈와일은 누가 그랬는지 이 부분은 다시 파악해 보기로 생각하며 윌리엄 크루버를 보며 물었다.

"「울티 원」에 보관되어 있던 정보 중에 특급 이상의 기밀도 있나요?"

"……예, 있습니다."

"만약 그게 타국 정보기관에 넘어간 것이라면……."

"당연히 문제가 발생하겠죠."

"아무래도 그와 대화를 해봐야겠군요. 일단 윌리엄은 사람들하고 배후에 누가 있는지 찾아보도록 하세요. 그리고 누군지 찾아내는 대로 제게 바로 보고를 해주시고요."

"물론입니다."

"좋아요. 수습부터 하도록 해요."

레이 커즈와일은 입술을 깨물었다.

이미 물은 엎질러졌다.

남은 건 그것을 최대한 빨리 수습하는 것뿐이었다.

레이 커즈와일과 윌리엄 크루버가 뒷수습에 나선 동안 한수는 머릿속에 압축된 정보를 차근차근 자신의 것으로 만들고 있었다.

「울티 원」의 데이터베이스 안에는 그야말로 무지막지한 정보가 쌓여 있었다.

이 모든 것들을 자신의 것으로 만들려면 못해도 수 년은 걸릴 것 같았다.

한수는 개중에서 자신과 관련 있는 정보부터 파악하기 시작했다.

한수가 예상했던 것과 다르게 CIA는 오래전부터 자신을 눈여겨보고 있었다.

그들이 처음 자신에게 관심을 가졌던 건 한수가 처음 능력을 얻고 나서 수학능력시험에서 만점을 받았을 때였다.

그때부터 이미 그들은 자신에게 관심을 갖고 자신을 지켜보고 있었다.

다만 그때는 미국 국익에 도움이 될 것이라고 생각하고 자신을 회유할 목적으로 지켜보고 있던 것이었다.

그러다가 한수가 점점 더 능력을 늘리면서 그들은 자신을 보다 더 면밀히 지켜보기 시작했고 그 후 한수가 맨체스터 시티에서 선수로 뛰며 트레블을 거머쥐었을 때 그들은 정보 공작을 시도했다.

동시에 그들이 의뢰를 한 게 바로 에바 로렌이었다.

그녀의 원래 나이는 스물여섯 살이었고 10대 때부터 이쪽 계열에서 일을 해온 특수요원이었다.

정보 조작, 암살, 은폐 등 첩보 관련 일에 특화되어 있던 그녀는 만수르가 연 비키니 파티에 자연스럽게 애쉴리라는 이름으로 합류했고 한수 곁에 머무르게 되었다.

이미 이 모든 것들은 오래전부터 계획된 일이었던 것이다.

그렇다면 이제부터는 반격을 가할 차례였다.

한수는 「울티 원」의 정보로부터 차곡차곡 자신이 필요로 하는 정보를 캐내기 시작했다.

레이 커즈와일 그리고 마이클 포드.

두 사람의 비리와 관련된 일을 모두 찾아내기로 마음먹었다.

그뿐만 아니라 마이클 포드한테 자신의 뇌를 해부해 봐야 한다고 건의했던 그 과학자까지.

그렇게 정보들을 긁어모으면서 한수는 흥미로운 사실 몇 가지를 찾아낼 수 있었다.

이 세상에는 자신뿐만 아니라 특별한 능력을 갖고 태어난 사람들이 적지 않았다.

머리가 비정상적으로 뛰어난 사람도 있었고 신체능력이 엄청 우수하게 발달한 사람도 있었다.

잠깐 본 것을 그 자리에서 줄줄이 외워내는 암산의 천재도 존재했고 잠깐이지만 미래를 내다보는 자도 있었다.

초인이라고 할 수는 없지만 초능력자라고 부를 만한 특이한 인간들도 있었고 그중 일부는 CIA에서 엄격하게 관리 중이었다.

'어쩌면 나도 저 중 한 명처럼 통제 하에 살아갈 수도 있었던 거로군.'

한수는 마음을 굳혔다.

채널 마스터가 「울티 원」을 흡수한 지금.

한수는 가상세계의 절대자나 다름없었다.

이코노미스트(The Economist)는 1843년 영국의 런던에서 창간된 주간지다.

경제문제와 경제와 관련된 정치문제의 평론을 주된 내용으로 하고 있는 곳이다.

실제로 이곳의 신뢰도는 무척 높은 편으로 미주리 대학의 레이놀즈 저널리즘 연구소가 최근 조사한 결과에 따르면 미국인들이 가장 신뢰하고 있는 뉴스가 이코노미스트이기도 했다.

CNN이나 NBC, TIME 등 미국을 대표하는 언론들보다 훨씬 더 높은 평가를 받은 이 언론사의 한 기자에게 얼마 전 익명의 투고가 도착했다.

이코노미스트 런던 본사에서 일하고 있는 알버트 파커(Albert Parker)는 자신에게 도착한 서류봉투를 보고 고개를 갸웃거렸다.

새하얀 서류봉투는 무엇 하나 표기되어 있지 않았다.

이 서류봉투를 가져다 놓은 사람이 누구인지도 알 수 없었다.

말 그대로 정체를 알 수 없는 그런 서류봉투였다.

고민하던 알버트 파커가 부장에게 가서 자초지종을 설명했다.

부장이 눈매를 찌푸렸다.

"그러니까 누가 자네한테 이걸 보냈다고?"

"예, 근데 뭐가 들어 있을지 몰라서 열어보지 못하고 있습니다."

가뜩이나 테러 때문에 유럽은 살얼음이 잔뜩 껴있다.

IS는 여전히 점조직 체제로 움직이면서 활개치고 있는 중이었다.

그들을 뿌리 뽑는다는 건 사실상 불가능한 일이었다.

알버트 파커가 우려하는 것도 그것이었다.

"차라리 정부에 신고를 할까요?"

"……만약 그랬다가 특종이면 어쩌려고?"

"그렇다고 쉽게 열어볼 수는 없는 노릇 아닙니까? 그랬다가 여기 무슨 폭발물이라도 설치되어 있으면 어떻게 하려고요?"

"폭발물이 있으면 이렇게 가벼울 리가 있겠어?"

머리를 맞대고 논의하던 두 사람은 서류봉투를 들고 옥상으로 올라왔다.

그런 다음 부장이 직접 커터 칼로 서류봉투를 자른 뒤 그 안 내용물을 확인했다.

그 안에 들어 있는 건 자그마한 USB였다.

시중에서 흔히 구할 수 있는 USB가 하나 달랑 들어 있었다.

부장이 눈을 빛냈다.

누가 봐도 수상쩍은 서류봉투에 어디서나 구할 수 있는 USB.

그리고 신뢰도가 무척 높은 자신들에게 배송되어 온 점.

이 모든 것들을 종합해 볼 때 이것은 자신을 숨기고 싶어 하는 누군가가 투고를 한 게 분명했다.

"알버트, 곧장 내 사무실로 가세. 이게 뭔지 확인을 해봐야겠어."

"예, 그럼요."

두 사람은 곧장 옥상에서 내려와 사무실로 들어왔다.

그리고 컴퓨터에 USB 파일을 끼운 다음 모니터 화면에 집중했다.

얼마 뒤 USB를 컴퓨터가 읽었고 그런 다음 경고 메시지가 떠올랐다.

[이제 두 분이 보게 될 것은 기밀 사항입니다. 저는 여러분을 감시하고 있으며, 만약 이것을 정부 기관에 알릴 경우 이 자료는 즉시 폐기되며 여러분이 저지른 온갖 추악한 짓이 세계에 뿌려지게 될 것입니다.]

알버트 파커가 그것을 보고 눈을 휘둥그레 떴다.

"이, 이거 어떻게 된 거죠? 누가 여기를 해킹한 겁니까?"

"침착해, 알버트. 뭐가 켕기는 일이라도 있는 거야?"

"그, 그럼 부장님은요? 부장님은 그런 거 없습니까?"

"일단 상황을 지켜보자고. 놈이 원하는 건 정부 기관을 거스르는 일일 거야."

"그, 그렇겠죠."

"우리가 알리지 않으면 문제없는 거잖아. 그러니까 한번 느긋하게 무슨 내용인지부터 확인해 보자고. 무슨 일이든 특종이 되어줄 건 분명한 일이니까."

알버트 파커가 침을 꿀꺽 삼켰다.

동시에 수십 개의 폴더가 나타났다.

그리고 그것을 본 순간 두 사람은 눈을 커다랗게 떴다.

눈 뜨고 믿을 수 없을 만큼 어마어마한 사건들이 이 안에 담겨 있었다.

이 중 일부만 기사로 써도 무조건 1면으로 실릴 수밖에 없는 그런 내용뿐이었다.

두 사람은 서로를 바라봤다.

"어떻게 하죠?"

"어떻게 하긴. 퍼뜨려야지. 더군다나 이건 우리나라도 연관이 있는 일들이잖아."

한수가 골라낸 자료는 CIA 국장 마이클 포드와 영국 사이에 얽힌 기밀 정보들이었다.

그것이라면 영국인 기자들을 움직이기에 충분하리라 생각했기 때문이다.

레이 커즈와일은 그녀가 저지른 부패로 실각시키면 되는 일이었다. CIA 국장인 마이클 포드를 실각시키는 것보다 한결 쉬운 일이었다.

중요한 건 마이클 포드, 그리고 그 과학자를 무너뜨리는 일이었다.

그런 다음 자신과 연관되어 있는 모든 기밀을 없애버린다면 문제없어질 터였다.

이제 남은 건 그들이 어떻게 해주냐 하는 것이었다.

그리고 몇 시간 뒤 이코노미스트 1면에 미국과 영국을 동시에 떠들썩하게 만든 초대형 사건이 실렸다.

CIA 국장 마이클 포드가 영국 정부를 비밀리에 여러 차례 감시했으며 실제로 주요 직책에 친미 성향을 노골적으로 보인 몇몇 인사를 앉히는데 결정적인 도움을 제공했다는 기사였다.

미국과 영국, 두 나라가 이번에 터진 일로 시끌벅적해져 있을 때 한수는 홍대 입구로 나와 있었다.

예정대로 스케줄을 소화하기 위함이었다.

이미 모든 일은 문제없이 진행되고 있었다.

조만간 마이클 포드는 이번 일로 실각될 게 분명했다.

문제는 그 과학자였는데 그것은 또 그 나름대로 방법을 계획 중이었다.

또한 레이 커즈와일은 그동안 틈틈이 저지른 탈세 혐의가 들통나며 정직당한 상태였고 대대적인 세무조사를 받을 예정이었다.

즉 한수는 지난번 자신의 일과 관계가 되어 있는 사람 중 핵심 위치에 있던 사람들은 모두 다 정리해 버린 상태였다.

한결 마음에 부담을 덜 수 있었다.

그것이 표정에 고스란히 드러난 것일까?

윤환이 한수를 보며 물었다.

"너 오늘 되게 괜찮아 보인다? 뭐 좋은 일 있어?"

한수가 웃으며 입을 열었다.

"앓던 이가 빠진 느낌이에요. 하하."

"도대체 무슨 일인데? 너 진짜 괜찮은 거 맞지?"

"예, 그럼요."

"집은 어떻게 하기로 했어?"

"수리 맡겨놨어요. 오늘 촬영하는 동안 수리 들어갈 거예요. 어차피 집에 귀중품도 없으니까 걱정 없죠."

"그래? 어쨌든 잘 풀렸다니 다행이네. 뭔 일인지 모르겠지만요 며칠 너 진짜 이상해 보였던 거 알지?"

"제가요? 설마요."

한수가 고개를 절레절레 저었다.

"인마! 너 병원에 입원하고 거기에 눈 까뒤집은 채 기절하고. 내가 얼마나 놀랬는지 알아? 진짜 너 때문에 고생했던 거 생각하면……."

윤환이 입술을 깨물었다.

"고마워요, 형."

"고마울 게 뭐 있냐? 아, 그리고 너 기절해 있을 때 너희 부모님 왔다 가셨었어. 너 깨어날 때까지 계신다고 하는 거 언제 깨어날지 모르는 데다가 중환자실로 들어가야 해서 그냥 들어가시라고 했어."

"……그랬어요?"

"그래. 촬영 끝나는 대로 전화 드리든가 한번 찾아가 봐."

"예, 형."

한수가 고개를 끄덕였다.

생각해 보니 부모님을 못 뵌 지 꽤 됐다.

아버지가 은퇴하고 부모님이 해외여행을 자주 다니는 것 때문이기도 했지만 한수가 촬영 때문에 시간이 많이 나지 않는 것 때문이기도 했다.

그러는 동안 촬영 준비가 거의 다 끝나갔다.

스튜디오에서 한 차례 리허설은 하고 나온 뒤였다.

오늘부터 총 4일 동안 서울과 부산 두 도시에서 한수와 윤환은 버스킹을 할 예정이었다.

이미 그들은 특수 분장 중이었고 점점 더 서로를 못 알아볼 정도로 변신 중이었다.

이윽고 두 사람은 누가 봐도 노숙자라고 볼만큼 떡이 진 머리에 볼품없는 모양새가 되었다.

"어떻게 할까요? 형이 먼저 할래요?"

"네가 먼저 해. 그래도 네가 유명…… 아, 그 꼴로는 아무도 안 오긴 하겠다."

옷까지 갈아입은 상태였다.

한 번 세탁을 하긴 했지만 악취가 풍기고 있었다.

결국 한수가 먼저 나섰다.

그는 평범한 기타를 메고 있었다.

에릭 클랩튼이 선물한 기타가 좋긴 하지만 평범한 기타여도 문제 될 일은 없었다.

월요일 낮 2시.

홍대 입구의「걷고 싶은 거리」는 딱 봐도 한산하기만 했다.

이곳에서 지난번 윤환과 함께 만들었던 그 미니 콘서트 무대를 재현해 낸다는 건 사실상 불가능했다.

하지만 미션을 깨지 못한다고 한들 상관없는 일이었다.

함께 어우러질 수 있다는 것.

그것으로 충분했다.

한수는 마이크도 없이 기타를 쥔 채 거리에 섰다.

그때 몇몇 사람들이 한수를 보고 힐끔거렸다.

"뭐야? 노숙자도 버스킹 하나 봐."

"돈 달라고 하는 거 아닌가?"

"겁나 못 부를 거 같지 않냐?"

한수를 비웃는 사람들이 대부분이었다.

만약 여기서 한수가 이렇게 특수 분장을 하지 않고 나왔으면 그를 비웃었을까?

그렇지 않았을 것이다.

오히려 환호하며 너도나도 몰려들었을 것이다.

그런데 외모를 지저분하게 바꾸고 거렁뱅이 복장을 했다는 것으로 사람들은 벌써부터 한수가 노래를 못 부른다고 단정 지어 생각하고 있었다.

그것만 봐도 겉모습이 얼마나 사람들에게 중요한 영향을 미치는지 알 수 있는 것이었다.

그러나 한수는 전혀 개의치 않았다.

그 대신 그는 천천히 첫 곡을 부르기 시작했다.

그가 선곡한 건 U2의 「With Or Without You」

See the stone set in your eyes.

당신 눈 속에 박힌 돌이 보여요.

생목이었다.

반주도 없이 그냥 기타와 목소리만으로 노래를 부르고 있었다.

그러나 한수의 목소리가 퍼지면 퍼질수록 점점 더 많은 사람이 그 목소리에 귀를 기울이고 있었다.

심지어 아까 전 한수의 겉모습만 보고 그를 힐난하던 사람들마저 한수 곁으로 하나둘 다가오는 중이었다.

노래 소리가 힘차게 퍼져 나갔고 사람들이 조금씩 쌓였다.

가만히 그 모습을 보며 윤환은 혀를 내둘렀다.

분명 얼마 전까지만 해도 이 정도는 아니었는데 그새 실력이 일취월장한 것 같았다.

도대체 저기서 얼마나 더 발전할지 가늠조차 안 될 정도였다.

황 피디도 입가에 미소를 그렸다.

한수의 집이 도난을 당하고 한수가 병원에 입원했다는 소식을 들으며 황 피디는 괜히 안 되는 일을 억지로 밀어붙인 게 아닌가 하는 생각을 했었다.

그냥 방송 촬영을 하지 말 것을 그랬나 생각하며 이번 「싱 앤 트립」 시즌2는 포기해야겠다고 염두에 두고 있었다.

하지만 다행히 촬영은 극적으로 이어나갈 수 있었고 그는 안도했다. 그리고 또 한 번 한수의 매직이 발휘되길 마음속으로 바랬다.

평일 오후 시간은 인파가 그렇게 썩 붐빌 시간대가 아니기 때문이다.

그러나 한수는 이미 목소리만으로 점점 더 많은 사람을 사로잡고 있었다. 그리고 그것이 바로 강한수가 갖고 있는 실력이었다.

「싱 앤 트립」 시즌2 촬영은 순조롭게 진행됐다.

어느새 윤환도 한수 옆에 합류해서 함께 노래를 부르기 시작했다.

사람들은 제법 많이 늘어난 상태였다.

스태프들이 옥상에서 인원수를 집계 중이었다.

평일 낮인데도 불구하고 이 정도 인원이 몰렸다는 것 자체가 신기할 정도였다.

이미 유튜브나 트위치TV 같은 곳에서는 「홍대에서 버스킹하는 거렁뱅이들」이라는 제목으로 누군가 방송 중이기도 했다.

이곳에 모여 있는 관중들뿐만 아니라 유튜브나 트위치TV로 방송을 보고 있는 시청자들까지 다들 그들이 생목에 라이브로 부르는 노래를 들으며 연신 감탄하고 있었다.

이 정도면 진짜 가수라고 봐도 무방할 정도였다.

그때 몇몇 시청자들이 의문을 제기했다.

-야, 진짜 가수인 거 아니야?

-가수가 거렁뱅이 분장하고 버스킹하는 거라고?

-어. 그럴 수도 있잖아. 이거 무슨 촬영 중인 거 아님?

-진짜 그럴 수도 있겠다. 무슨 거렁뱅이가 저렇게 노래를 잘 부르냐? 그것도 지금 한 시간 넘게 노래 부르는 중이잖아.

그때였다.

이곳에 모인 관중 수가 지난번 버스킹 공연했을 때의 그 수를 넘어섰다.

사실 온라인으로 보던 사람들까지 합친다면 진즉에 넘어섰다고 봐야 했다.

그제야 두 사람이 얼굴 대부분을 가리고 있던 분장을 뜯어냈다.

동시에 곳곳에서 경악이 터져 나왔다.

실시간으로 보는 것보다 조금 더 송출이 느린 온라인 시청자들의 아우성이 빗발쳤다.

-뭔데? 무슨 일인데?

-도대체 뭐냐고?

그리고 현장이 공개됐다.

사람들은 이미 어느 정도 직감은 하고 있었다.

'아, 이 사람들 보통 사람들은 아니겠구나.'

'가수겠지? 인디밴드이려나?'

'무슨 소속사에서 깜짝 이벤트 하는 건가?'

그렇지만 그들이 톱스타일 거라는 생각은 하지 않았다.

톱스타들이 굳이 이곳에 나와서 버스킹을 할 이유는 없다고 생각했기 때문이다.

그렇다 보니 막상 윤환이 특수 분장을 뜯어내고 본래 모습을 보이자 비명이 터져 나왔다.

다들 믿을 수 없다는 반응이었다.

"꺄악! 윤환 오빠!"

"뭐야? 진짜 윤환이야?"

"그럼 옆에 남자는 설마……."

"에이, 아니겠지?"

그러나 한수도 특수 분장을 뜯어내고 모습을 드러냈을 때 윤환과는 비교할 수 없을 만큼 엄청난 환호성이 터져 나왔다.

조금 이질적인 것은 윤환은 여자들의 비명 소리가 대부분을 이룬 반면에 한수는 남자나 여자나 가릴 것 없이 환호성을 쏟아내고 있다는 점 정도였다.

격한 환호성 사이로 한수와 윤환이 인사를 건넸다.

"안녕하세요, 가수 윤환입니다."

"안녕하세요. 가수 강한수입니다."

두 사람이 인사하자 사람들의 환호성은 더욱 커졌다.

인터넷으로 지금 이 버스킹을 보던 사람들도 격하게 반응했다.

윤환이나 강한수나 버스킹을 뛰기에는 너무 인지도가 높았다. 이 정도 되는 가수들이 아직도 버스킹을 뛴다고는 생각지도 못할 터.

그 와중에 두 사람이 다시 이곳 홍대에 있는 「걷고 싶은 거리」에서 버스킹을 하고 있었다.

약 3년 만의 일이었다.

3년 만에 두 사람이 만들어내는 버스킹 무대를 지켜보는 사람 중에는 3년 전 그때 이 자리에 있던 사람들도 있었다.

그들의 반응은 보다 더 남달랐다.

대부분 지금 이 상황을 믿기 힘들어 하면서도 기뻐하고 있었다.

그러는 동안 「싱 앤 트립」 시즌2 스태프들이 빠른 속도로 음향장비와 마이크 등을 세팅하기 시작했다.

이렇게 많은 사람이 모였는데 이 정도만 하고 버스킹을 끝낸다는 건 있을 수 없는 일이었다.

그렇다고 천오백 명 가까이 모인 상황에서 생목으로 라이브를 진행시킬 수도 없었다.

한수의 성량이 워낙 풍부한 덕분에 그래도 몇 곡을 부르는 동안 어찌어찌 문제없이 버스킹 무대를 진행할 수 있었지만 이렇게 인파가 많이 몰린 상황에서는 이것도 이제 어렵다고 봐야 했다.

그렇게 스태프들이 부지런히 장비를 세팅하는 동안 윤환과 한수는 넉살좋게 대화를 나누며 관객들과 소통하고 있었다.

그래도 미리 준비해 두고 있던 덕분에 최대한 빠른 시간 안에 세팅이 마무리되었고 두 사람은 다시 버스킹 무대를 이어 나갈 준비를 하기 시작했다.

그리고 첫 버스킹 무대는 완벽에 가깝게 마무리될 수 있었다.

한수가 방송 촬영을 하고 있을 무렵 미국은 난리가 나 있었다.

그도 그럴 것이 CIA 국장 마이클 포드가 저지른 짓은 어마어마한 것이었다. 우방이라고 할 수 있는 영국에게 공작을 한 대가로 그는 이미 구속당한 상태였다.

미국 정부에서는 이 일은 CIA 국장인 마이클 포드가 독단적으로 저지른 짓이라고 발뺌하고 나섰지만 이미 세계 각국의 시선은 싸늘하게 식어버린 뒤였다.

그래서일까.

졸지에 비난을 받게 된 백악관으로서는 황당무계할 수밖에 없었다.

일단 마이클 포드가 영국에게 공작을 한 것도 그렇거니와 차라리 들키지 않았으면 모르겠는데 또 그게 들통난 것도 어처구니없는 일이었다.

"도대체 이게 말이 되는 일입니까? 마이클 그자는 일처리를 어떻게 한 겁니까?"

IS의 계속되는 테러로 인해 유럽 정세는 혼란스러웠다.

실제로 유럽은 급진 좌파 세력이 더욱더 힘을 받고 있었으며 그로 인해 EU 자체가 해체될 위기에 놓여 있었다.

그것 때문에라도 백악관은 유럽 정세에 민감할 수밖에 없었고 실제로 CIA를 움직여서 유럽 각국의 정치에 조금씩 개입하고 있었다.

하지만 이건 말 그대로 탑 시크릿(TOP SECRET)에 해당하는 비밀 작전으로 절대 세상 밖에 드러나서는 안 되는 기밀이었다.

그런데 CIA 국장이라는 작자가 그 기밀 하나 제대로 보호하지 못한 채 영국 주간지에 정보가 버젓이 들어가는 걸 장님처럼 지켜보고 있던 것이었다.

백악관 입장에서도, 대통령 본인에게도 이건 최악의 결과였다.

실제로 지금 미국 정치계와 유럽 정치계 간의 갈등은 점점 더 일파만파 커져가고 있었다.

"죄송합니다, 대통령 각하. 마이클을 추궁해 봤지만 그 역시 어떻게 기밀 정보들이 유출됐는지 전혀 알 수 없다고 하더군요."

"그와 관련 있는 사람들의 계좌는 전부 다 추적해 봤습니까?"

"물론입니다. 하지만 이렇다 할 문제점은 찾지 못했습니다. 그가 IS 같은 테러 단체에 그 기밀 정보를 넘긴 것이면 의심해 볼 만한데 자신이 실각될 걸 알면서도 영국 주간지에 그 정보들을 넘겼다는 건 말이 안 되는 일이니까요."

"그렇다는 건 이것은 마이클 포드 국장이 저지른 일이 아니라는 의미군."

"예, 누군가 외부에서 개입한 게 틀림없습니다. 그게 아니면 마이클 포드를 시기한 누군가가 개인적으로 저지른 짓일 수도 있고요."

미 대통령이 참모진들을 둘러보며 말했다.

"이번 일로 인해 우린 지금 엄청난 위기 상황에 직면해 있소. 어떤 식으로든 이번 일을 무마시킬 방법을 찾아내도록 하시오. 그리고 이번 일의 배후에 누가 있다면 그 역시 반드시 밝혀내야 할게요."

"알겠습니다, 대통령 각하. 최대한 빠른 시간 안에 찾아내도록 하겠습니다."

그리고 참모진들이 분주하게 빠져나가려 할 때였다.

대통령이 재무부 장관을 불렀다.

"스펜서, 나 좀 봅시다."

"아, 예. 대통령 각하."

백악관 집무실에 단둘이 남게 된 뒤 미 대통령이 재무부 장관을 쳐다보며 물었다.

"스펜서, 이번에 레이 커즈와일이 정직당했다는 소식을 들었소. 그게 사실이오?"

"예, 그렇습니다. 대통령 각하. 탈세 혐의가 드러났다고 하더군요. 현재 조사하고 있습니다."

"흐음, 의심쩍은 일이군."

"뭐가 말입니까?"

"둘 다 별개의 사건일지도 모르지만 그렇다고 하기엔 상황이 석연치 않구려."

재무부 장관 스펜서가 의아한 얼굴로 물었다.

"예? 그게 무슨 말씀이십니까?"

"이번 사건 말이오. 마이클 포드가 유럽에서 공작을 벌이다가 들통난 것도 그렇고 레이 커즈와일이 갑작스럽게 탈세 혐의가 발각되며 기소당한 것도 그렇고. 둘 다 각각의 사건이긴 하지만 뭐랄까 영 껄끄럽다는 것이오."

"어떤 점에서 그렇게 생각하셨는지요?"

"그게 말이오. 아까 당신은 마이클 포드가 억울하다고 했지만 그게 아닐 수도 있소. 사무엘?"

"예, 대통령 각하.

그리고 문이 열리며 두 사람이 있던 백악관 집무실 안으로 중년의 사내가 들어왔다.

"장관님, 오랜만입니다. 지금부터 제가 말씀드리겠습니다."

그를 알아본 스펜서가 눈을 휘둥그레 떴다.

"아니, 당신은 국내에 없다고 들은 거 같은데……."

"최근 일어난 사건들로 인해 그 역학 관계를 조사 중에 있었습니다."

그는 NSA(National Security Agency) 국장 사무엘이었다.

"사무엘 국장, 그게 무슨 뜻입니까?"

"두 개의 사건은 별개의 사건일 수도 있지만 그렇지 않기도 합니다. 실제로 저희는 지속적으로 CIA 역시 감시 중이었습니다. 그러나 이번 사건이 일어나는 동안 CIA의 그 어떤 곳에서도 내부 정보가 흘러나간 정황을 파악하지 못했습니다. 아니, 파악하지 못한 게 아니라 그런 일이 없었습니다."

"그렇다면 누가 그랬다는 겁니까? 내부자가 아니면 외부자의 소행이란 말입니까? CIA의 전산망을 뚫고 외부에서 해킹이 가능한 사람이 있다는 겁니까?"

사무엘 국장이 고개를 저었다.

"그럴 리가요. 외부에서 해킹하는 건 불가능합니다. 저희도 CIA 내부 전산망을 몇 차례 해킹하려 했지만 번번이 실패했으니까요. 그러다가 저는 마이클 포드 국장이 최근 실리콘밸리에 방문한 적이 있다는 걸 알게 됐습니다. 그리고 구글의 이사인 레이 커즈와일을 만난 것 또한 확인했습니다."

"마이클 포드가 레이 커즈와일을? 어째서 두 사람이 만난 겁니까?"

"CIA에서는 최근 「울티 원」이라고 하는 인공지능에 대량의 정보를 이관하고 있었습니다. 그런데 얼마 전 그 「울티 원」의 보안이 뚫리면서 정보가 대량으로 유출되는 일이 있었습니다. 레이 커즈와일과 구글의 수석연구원 윌리엄 크루버는 이 사실을 은폐하려 했고요."

"아니, 그들 모두 국가반역자 아닙니까! 도대체 그 정보를 누구에게 빼돌렸다는 말입니까?"

NSA 국장의 사무엘이 입술을 깨물며 말했다.

"에바 로렌이라는 여성입니다."

"에바 로렌?"

스펜서가 의아한 얼굴로 물었다.

"아니, 그 여자는 누구고 또 왜 이 일에 끼어든 겁니까?"

"그녀는 특수요원입니다. 실제로 십 년 넘게 각종 공작을 벌여왔습니다. 이번 사건에도 그녀가 개입한 게 분명합니다. 그리고 마이클 국장이 그녀한테 거액의 돈을 파나마에 있는 비밀계좌에 입금한 것을 확인했습니다."

"……도대체 그가 왜……."

"그건 차차 밝혀낼 일이죠. 어쨌든 마이클 국장도 이번 사건에 유력한 용의자인 건 분명합니다."

"그러면 마이클 국장에 에바 로렌, 여기에 레이 커즈와일과 윌리엄 크루버가 서로 얽혀 있는 것이로군요. 레이 커즈와일과 윌리엄 크루버가 에바 로렌한테 「울티 원」의 정보를 팔아넘겼고 에바 로렌이 그것을 이코노미스트에 넘긴 것이겠군요. 그러면 그녀는 이중첩자인 것입니까?"

"아무래도 그게 유력하지 않겠습니까?"

스펜서가 입술을 깨물었다.

아무래도 무언가 석연치 않았다.

에바 로렌은 모르지만 마이클 포드는 이중첩자 노릇을 할 사람이 아니었다.

그가 국가, 미국에 대해 가지는 충성심은 어마어마한 것이었다.

그렇다 보니 더욱더 지금 이 상황이 석연치 않을 수밖에 없었다.

하지만 NSA의 주된 업무가 통신정보, 전자정보 등을 각종 수단을 써서 수집하는 것이었다.

그들이 비록 CIA와 사이가 좋지 않다고 하지만 그들 역시 미국의 정보기관인 건 분명한 사실이었다.

"알겠습니다. 일단 에바 로렌이라는 그 암고양이부터 잡아들여야겠군요."

“이미 인터폴에 협조를 요청한 상황입니다. 걱정하지 않으셔도 됩니다.”

“좋습니다. 사무엘 국장만 믿겠습니다. 대통령 각하, 저 역시 보다 만전을 기하도록 하겠습니다.”

“에바 로렌이 누구의 사주를 받아 이런 짓을 저지른 것인지는 모르겠지만 우리는 자유주의를 지키기 위해서 반드시 이 일을 확실하게 알아내야 할 것이오.”

“물론입니다. 대통령 각하.”

회의가 끝난 뒤 스펜서는 먼저 집무실을 빠져나갔다.

그가 빠져나간 뒤 대통령이 사무엘 국장을 보며 물었다.

“에바 로렌의 소재지는 찾아냈나?”

“……아직입니다. 워낙 신출귀몰하다 보니 찾는데 어려움이 많습니다.”

“그녀를 하루라도 빨리 찾아내는 게 가장 중요하네. 그래야 이번 사건을 바로 잡고 매듭지을 수 있어.”

“물론입니다.”

“정 안 되면…….”

“말씀하십시오, 대통령 각하.”

미 대통령이 눈매를 좁히며 입을 열었다.

냉혹하지만 단호한 결의가 넘치는 목소리였다.

“수단과 방법을 가리지 않고 그녀를 찾아내야 할 것이네.”

“알겠습니다.”

사무엘은 고개를 숙여 보인 뒤 대통령 집무실을 나왔다.

그리고 그는 곧장 에바 로렌을 찾고 있는 요원에게 전화를 걸었다.

얼마 지나지 않아 요원이 전화를 받았다.

-예, 국장님.

“그녀는 찾아냈나?”

-아직입니다. 조금 더 시간을 필요로 합니다.

“이 일은 속전속결이 생명이야. 그리고 만약 그녀가 허튼 소리를 떠벌릴 경우에는…… 그녀를 IS에서 고용한 이중첩자로 몰고 가도 상관없네. 무슨 뜻인지 알겠지?”

-확실한 증거를 가져오라는 것이군요.

“그래. 불똥을 그쪽으로 옮겨 붙게 해야겠지. 마침 난민들 때문에 그쪽 기류가 심상치 않다고 하질 않던가?”

-알겠습니다.

“이 모든 건 미합중국을 지키기 위한 결단인 것이네.”

-예, 국장님.

전화를 끊은 뒤 사무엘은 재차 발걸음을 옮겼다.

CIA가 저지른 이번 사건을 마무리 짓기 위해서는 해야 할 일이 너무나도 많았다.

CHAPTER 4

한편 홍대 입구에서 처음 시작된 버스킹 촬영은 대학로와 청계천에서 연달아 이루어졌고 마지막은 부산 해운대에서 대미를 장식했다.

특히 해운대 같은 경우는 아예 사전에 공지를 해버렸다.

대학로에서도 긴가민가하던 사람들이 청계천에서는 아예 두 사람인 걸 시작하기도 전에 알아버렸고 하는 수 없이 해운대에서는 아예 콘서트 비슷한 규모로 버스킹을 열어버린 것이었다.

그 덕분에 해운대에는 수만 명이 넘는 관중들이 몰려 들었다.

그리고 두 사람은 무료로 콘서트를 열었고 그 반응은 엄청날 정도로 열광적이었다.

아직 방송을 타지 않았는데도 불구하고 공연이 시작되기도 전 기자들이 써서 올린 기사가 수십 개를 넘어설 정도였다.

그렇게 공연이 끝난 뒤 한수는 길게 숨을 토해냈다.

나흘 동안 쉴 새 없이 달린 콘서트였다.

웬만한 가수들이라고 해도 소화하기 힘든, 엄청나게 무리가 되는 강행군이었다.

자신은 채널 마스터의 능력을 얻었다고 하지만 순전히 혼자 힘으로 이 강행군을 버텨낸 윤환이 그래서인지 더욱더 대단하게 느껴졌다.

그렇게 모든 촬영이 끝난 뒤 촬영 팀은 회식을 가졌다.

회식자리에서 황 피디가 한수에게 엉겨 붙었다.

"한수 씨, 미국에는 언제 가요?"

"글쎄요. 아직 한 달은 더 있어야 돼요. 3월부터 촬영이 들어간다고 이야기 들었거든요."

"3월이요? 아직 멀었네요?"

은근한 황 피디 말에 한수가 웃으며 말했다.

"이제 당분간 촬영 못 해요. 내일 예능 프로그램 잡힌 거 하나 더 한 다음 저도 당분간 쉴 거예요."

"아니, 한수 씨! 이럴 때일수록 더 열심히 일해야죠. 쉬면 안 돼요. 그게 얼마나 국가적으로 엄청난 손해인데요!"

"……너무 오버하시는 거 아닌가요?"

황 피디가 웃음을 흘리며 말했다.

"오버라니요. 한수 씨 정도면 제가 이럴 수밖에 없죠. 다른 연예인이었으면 이렇게 매달리며 섭외하지도 않았을 거예요."

"하하, 그래서 원하시는 게 뭔데요? 또 섭외인 건가요?"

"그럼요. 이게 다 제가 TBC로 옮겨서 이렇게 된 거지만 요새 얼마나 실적 압박에 시달리는데요. 저 한 번 살려주신다고 생각하고 딱 한 번만 더 출연합시다."

"……죄송합니다, 황 피디님. 제가 진짜 TBC에만 너무 자주 출연한다고 욕을 얼마나 먹는데요. 다음 기회에 또 해요."

"하……."

황 피디가 우울한 듯 어깨를 축 늘어뜨렸다.

그러나 한수 말대로 그가 할리우드에서 귀국한 이후에도 또 TBC의 황 피디와 함께 촬영했다는 것 때문에 말들이 많았다.

실제로 한수에게도 적지 않은 청원이 들어오고 있었다.

왜 황 피디하고 방송만 하는 것이냐면서 자신들 방송에도 출연해 달라는 요청이 쇄도하는 중이었다.

얼마 전까지만 해도 이 정도는 아니었다.

섭외하면 좋지만 피디들이 매달려야 할 정도는 아니었다.

그때까지만 해도 한수에게 절절 매며 매달렸던 피디는 황 피디 한 명뿐이었다.

하지만 최근 들어서는 웬만한 예능 프로그램의 피디들이

한수에게 매달리고 있었다.

그들 모두 한수를 섭외하고자 안달이 나 있었다.

그들만 있는 게 아니었다.

광고주들도 한수를 섭외하고 싶어 했다.

한수라는 한 사람이 갖는 가치는 그만큼 막대한 것이었다.

이미 웬만한 중소기업을 넘어섰다고 평가하기까지 했으니까.

황 피디는 몇 차례 한수를 더 설득했지만 씨알도 안 먹힐 이야기였다.

회식이 끝나갈 무렵 한수는 스태프들과 일일이 인사를 나눈 뒤 윤환과 함께 집으로 향했다.

김 실장의 밴을 타고 도착한 뒤 한수는 술에 취해 축 늘어진 윤환을 어깨동무하고 집 안으로 들어왔다.

나흘 동안 집을 비운 사이 집은 깔끔하게 정리 정돈되어 있었다.

부서졌던 현관문은 멀쩡해졌고 서재문도 깔끔하게 복원된 상태였다.

한수는 2층으로 향했다.

비어 있는 방에 그를 눕힌 뒤 한수는 방 안을 둘러봤다.

며칠 전 애쉴리가 한국에 같이 왔을 때 그녀가 잠깐 머물렀던 방이 이곳이었다.

한수는 숨을 길게 내쉬었다.

그렇지만 더는 생각지 않기로 했다.

그녀는 자신을 이용한 것에 불과했다. 그리고 끝내 자신을 뒤통수치고 떠났다.

한수는 그것을 그대로 앙갚음했다.

자신의 정보는 삭제한 뒤 적당히 시나리오를 짜서 그것을 고스란히 NSA 데이터베이스로 옮겼을 뿐이다.

이미 유럽이 미국이 저지른 일로 발칵 뒤집힌 걸 알고 있었으니 미국 쪽에서도 그에 관해서 수사가 진행될 테고 한수는 그걸 절묘하게 역이용한 것이었다.

그것은 NSA와 CIA가 서로 갈등 관계에 있다는 것을 파악해 둔 덕분에 써먹을 수 있는 방법이었다.

아마도 NSA는 철두철미하게 CIA를 조사하려 들 게 분명했다.

윤환을 침대에 눕힌 뒤 한수는 1층으로 내려왔다.

그리고 그는 주방을 둘러보다가 와인 한 병을 와인셀러에서 꺼냈다.

그런 뒤 와인을 따라 마시며 한수는 마음을 굳게 억눌렀다.

다시는 이런 일이 되풀이되지 않게 만들 생각이었다.

그러려면 주변 사람들의 도움도 필요하지만 무엇보다 스스로 더 강해져야 했다.

그렇게 하기 위해서는 뇌를 활용하는 방안을 더 연구할 필요가 있었다.

며칠 전 자신의 정보를 삭제하고 적당히 짠 시나리오를 NSA 데이터베이스에 옮기다가 한수는 정말 머리가 터져나가는 줄 알았다.

그 막대한 정보량을 통제할 수 없다 보니 머릿속이 과부하가 되었고 어느 순간 그게 한계치에 도달하면서 순간적으로 폭발할 뻔했던 것이었다.

잘못하면 뇌가 곤죽이 될 뻔했던 아찔한 상황이었다.

그것을 막으려면 특단의 대책이 필요했다.

그래야 이 능력을 사용하는 게 가능해질 터였다.

「싱 앤 트립」 시즌2 촬영을 끝낸 다음 날 한수는 곧장 새벽부터 촬영 준비를 서둘러야 했다.

약간의 숙취가 남아 있는 탓에 그는 김 실장을 불렀다.

여전히 윤환은 잠에서 깨지 못한 상태였다.

얼마 지나지 않아 김 실장이 도착했다.

여전히 그는 멀쩡한 상태 그대로였다.

"김 실장님, 이렇게 이른 시간에 부탁드려서 미안해요. 아직 숙취가 깨질 않아서 부탁 좀 드릴게요."

"아니야. 당연히 내가 해야 할 일이지. 조금 쉬어둬. 촬영장

도착해서 깨워줄게."

"그럼 저 눈 좀 부칠……."

'촬영장에서 깨워주세요'라고 말을 하려던 한수는 이내 걸려 온 전화를 보고 전화를 받았다.

"다니엘, 저에요."

-어, 한스. 나야.

"아직도 출국 못 한 거예요?"

원래 다니엘과 사이먼은 사흘 전에는 출국을 해야만 했다.

그런데도 두 사람은 아직 출국을 하지 못하고 있었다.

개인적인 사정 때문이라고만 했을 뿐 자세한 사정을 언급하지 않은 탓에 한수도 조금 답답해하고 있던 중이었다.

-미안해. 갑자기 SAS에서 비상대기해 달라고 연락을 받았거든.

"SAS에서요? 이미 은퇴한 거 아니었어요?"

-현역뿐만 아니라 은퇴한 요원 모두한테 연락이 간 모양이야. 아무래도 이번에 미국 쪽에서 터진 일 때문에 SAS에서 난리가 난 모양이더라고. 실제로 몇몇 장성들이 CIA한테 돈 받아먹은 게 들통나서 옷을 벗기도 했어.

"……그랬군요."

-그거 때문에 비상 대기 중이라서 갈 수가 없었다. 오늘 중으로 바로 가도록 할게.

혹시 하는 생각에 한수가 물었다.

"알았어요. 또 다른 이야기는 없었어요?"

-응? 무슨 이야기?

"아니에요. 그럼 이따가 봐요."

-그래. 이따가 보자.

한수는 전화를 끊은 뒤 머리를 긁적였다.

중국에서 나비가 날갯짓을 하면 미국 뉴욕에서는 태풍이 분다더니, 실제로 자신이 일으킨 일이 세계 각지에서 영향력을 끼치는 모습을 보고 있자니 새삼 이 능력이 무시무시하게 느껴졌다.

자주 쓸 수는 없는 능력이었다.

쓸 때마다 뇌가 과부하되면서 채널 마스터의 능력도 한시적으로 제한당하는 느낌을 받았기 때문이다.

그리고 점점 더 능력을 사용하면 사용할수록 몸이 지치고 마치 수명이 깎여나가는 듯한 그런 느낌이었다.

어쨌든 그와 별개로 사이먼과 다니엘이 내일쯤에는 한국에 도착한다는 건 한수 입장에서는 여러모로 다행인 일이었다.

아직 안 자고 있는 한수에게 김 실장이 물었다.

"안 피곤해? 촬영장 가려면 아직 멀었어."

오늘 촬영이 열리는 곳은 서울에 있는 한 고등학교 운동장이었다.

오전 여덟 시부터 촬영이 예정되어 있었기 때문에 서둘러 가야 했다.

다행히 이른 새벽인 덕분에 한수를 태운 밴은 막힘없이 쭉쭉 뻗어나가고 있었다.

"그게 자려고 했는데…… 잠이 안 오네요."

"너 어제 자긴 했어?"

한수는 곰곰이 생각에 잠겼다가 머뭇거리며 말했다.

"한두 시간 남짓 잤던가?"

"너 괜찮은 거 맞아? 무슨 잠을 두 시간밖에 안 자. 나흘 연속 촬영하느라 빡빡했을 텐데. 너 부산에서는 잠 좀 잤어?"

한수가 시간을 헤아렸다.

그러고 보면 부산에 내려갔을 때도 정작 깊은 잠에 빠졌던 건 몇 시간 되지 않았다.

기껏 해봤자 서너 시간 남짓 정도였다.

"한수야, 너 건강 좀 챙겨라. 그러다가 진짜 몸 상해."

"고마워요, 실장님."

한수는 뒤적거리며 다시 소파에 누운 채 몸을 웅크렸다.

하지만 여전히 정신은 멀쩡했고 잠은 오질 않고 있었다.

그렇게 뜬눈으로 한수는 촬영장에 도착하고 말았다.

금요일 오전 일곱 시.

서울에 있는 한 고등학교 운동장 주변에는 오늘 있는 프로그램 녹화를 위해 각종 차가 즐비하게 늘어서 있었다.

국내에서의 예능 프로그램 촬영은 이번이 마지막이었다.

이 예능 프로그램 촬영이 끝나는 대로 한수는 영화 홍보 차 무대 인사를 하고 팬미팅을 가질 예정이었다.

그들이 촬영을 하기 위해 고등학교 운동장에 모인 이유는 간단했다.

한수가 이번에 나올 프로그램이 「우리 동네 슛돌이」였기 때문이다.

「우리 동네 슛돌이」는 매주 한 차례 동네를 바꿔가면서 그 지역 실력자들과 축구 대회를 벌이는 예능 프로그램이었다.

매주 일요일 방송을 하는데 의외로 반응은 나쁘지 않았다.

연예인 중에서도 나름 실력자들이 참가하는 만큼 의외로 제대로 된 11명 대 11명의 대결을 볼 수 있었기 때문이다.

매 방송마다 게스트는 1명 내지 2명을 초대하곤 하는데 경기 시간은 전·후반 합쳐서 60분 정도였다.

한수는 촬영을 앞두고 미리 모여 있던 연예인 축구단 「내가 슛돌이」팀의 팀장 및 팀원들을 만나고 싶었지만 피디가 그것을 한사코 말렸다.

「내가 숏돌이」팀 팀원들을 최대한 서프라이즈하게 만들고 싶다는 게 그의 의도였다.

한편 피디와 대화를 나누고 있는 정체불명의 남자를 보며「내가 숏돌이」팀의 팀원들은 고개를 갸웃거리고 있었다.

게스트가 타고 있는 게 분명한데 누구일지 감이 잘 오지 않아서였다.

그때「내가 숏돌이」팀의 팀원 중 한 명이자 윙백 및 센터백을 소화하고 있는 배우 이승준이 눈을 가늘게 뜬 채 밴 번호판을 확인했다.

그러던 밴 번호판을 알아보고는 승준이 눈을 동그랗게 떴다.

"어? 저거 폴라리스 엔터테인먼트 밴인데요? 김 실장님 밴 맞는데?"

"뭐야? 그럼 윤환이 온 거야?"

"환이면 나쁘지 않지."

실제로 윤환은 몇 달 전 이 방송에 출연한 경험이 있었다.

다른 팀원들의 반응도 나쁘지 않았다. 워낙 성실하게 뛰어줬기 때문이다.

"흐음, 진짜 환이 형인가? 한 번 전화해 볼까."

승준이 머리를 긁적였다.

뭐랄까?

만약 윤환이면 곧장 밴에서 내려 대화라도 나눴을 것이다.

저렇게 밴 안에 틀어박혀 있을 리 없는 것이다.

'설마…….'

폴라리스 엔터테인먼트는 애초에 그가 설립한 1인 기획사다.

승준은 혹시 하는 생각에 입을 쩍 벌렸다.

"혹……."

그가 채 말을 꺼내기도 전에 촬영이 시작됐다.

밴에서 대화를 나누던 피디가 그들에게 다가와서 말했다.

"오늘 상대는 대통령배 축구대회에서도 우승한 경험이 있는 명문 고등학교 송재고 축구부입니다. 그런 만큼 특별한 게스트 분을 모셨습니다."

그러나 「내가 슛돌이」팀의 반응은 시원찮기만 했다.

팀장이 투덜거리는 얼굴로 말했다.

"윤환이라면서요? 저 밴 윤환 회사 거라고 승준이가 그러더구먼."

"예?"

피디가 실소를 머금었다. 그리고 밴을 향해 소리쳤다.

"나와주세요!"

그리고 그가 나타났다.

처음에만 해도 여기 모인 아홉 명의 연예인 모두 윤환일 거라고 생각하고 있었다.

그렇게 생각하지 않는 연예인은 단 한 명 이승준뿐이었다.

타이밍을 놓쳤을 뿐 이승준은 만에 하나의 가능성을 생각하고 있었다.

만약 강한수가 출연한다면?

물론 사실상 말이 안 되는 이야기이긴 했다.

강한수의 몸값은 상상을 초월할 정도로 비싸다고 방송국에 알려져 있었다.

그를 섭외하는 데 드는 몸값 자체가 엄청나게 비쌌다.

괜히 피디들이 그한테 애걸복걸하는 게 아니었다.

하지만 그렇게 비싼 몸값을 자랑하는데도 불구하고 그를 섭외하려는 피디들이 적지 않았다.

그러나 할리우드 진출이 성사되고 나서 귀국한 다음 한수가 유일하게 출연을 결정한 프로그램은 황 피디의 프로그램 하나뿐이었다.

그렇다 보니 실제로 피디들 사이에서 불만이 많은 것도 사실이었다.

그래서 이승준도 설마 강한수가 이 프로그램에 나오겠어, 하는 생각을 갖고 있었다.

상상에는 자유가 없다고 하지만 그렇다고 하기엔 실현되기가 불가능한 이야기였기 때문이다.

그랬기에 충격은 더 컸다.

밴이 열리고 그 안에서 강한수가 모습을 드러낸 순간 모든 사람이 경악하고 말았다.

"……미친."

"지금 나 꿈꾸는 거 아니지?"

"와, X발! 미쳤다!"

"제작진 미친 거 아니야?"

다들 놀라움을 감추지 못했다.

지금 이 상황을 믿을 수가 없었다.

한수는 그야말로 전설이었다.

단 한 시즌 뛰었음에도 불구하고 수많은 전문가들이 발롱도르를 받을 수 있을 것이라고 예상하게 만들었던 유일무이한 선수.

크리스티아누 호날두와 리오넬 메시 그리고 여러 선수를 한데 모아 섞으면 이런 선수가 탄생하는 게 아닌가 하고 다들 경악하게 만든 바로 그 선수.

바로 그 강한수가 이곳에 온 것이다.

강한수는 어색한 얼굴로 「내가 슛돌이」 팀원들에게 다가왔다.

그래도 어색하지 않은 건 눈에 익은 얼굴이 두 명 있어서였다. 한 명은 승준이었고 다른 한 명은 블루블랙의 멤버인 하석진이었다.

둘 다 아는 얼굴인 덕분에 한수는 한결 마음을 편하게 가질 수 있었다.

「내가 숫돌이」 팀의 팀장 장우완이 한수에게 다가왔다.

그가 멋쩍게 웃었다.

"하하, 제가 「내가 숫돌이」를 한 지 이제 이 년이 넘었는데 예전에 회식할 때 한 번 피디님한테 사정한 적이 있어요. 한수 씨 좀 한 번만 섭외해 달라고요."

"아, 진짜요?"

"예, 그런데 피디님이 저보고 그랬거든요. 한수 씨 몸값이 천문학적인 단위라고 절대 안 된다고요. 하하, 시청률 십 퍼센트 넘기면 한 번 건의해 보겠다고 했는데…… 설마 진짜 섭외하실 줄은 몰랐네요."

한수가 웃으며 입을 열었다.

"저도 섭외 들어온 건 대표님 통해서 들었는데 나갈 생각 있냐 없냐 물어보시기에 어떤 프로그램인지 듣고 나가겠다고 결정했어요. 아마 이게 올해 상반기 중에서는 제가 촬영하게 될 마지막 예능일 거 같아요."

눈치를 보던 몇몇 연예인이 조심스럽게 물었다.

"저, 정말요?"

"엄청 섭외 많이 받는다고 들었는데……."

"그건 그런데 제가 시간이 없어서요. 이제 영화 개봉도 며칠 안 남았고 또…… 그거 끝나는 대로 할리우드로 넘어가야 하거든요."

"아, 그러시구나."

몇몇 배우가 한수를 부러움 가득한 눈길로 쳐다봤다.

할리우드 주연 배우다.

한국에서 고작 영화 한 편을 찍었는데 벌써 할리우드에서 주연 자리를 꿰찼다.

이름 없는 영화도 아니고 폴 그린그래스 감독의 신작 영화다.

벌써 해외 로케이션 촬영이 줄줄이 잡히고 있다는 소식이 알려지면서 사람들의 관심도 쏟아지는 중이었다.

그러는 사이 한동안 한수를 둘러싸고 연예인들의 팬미팅이 이어졌다.

본의 아니게 연예인이 연예인을 우러러보는 현상이 발생해 버리고 만 것이었다.

피디 입장에서는 그것을 보며 쓴웃음을 지을 수밖에 없었다.

그래도 이번 촬영분만큼은 시청률이 무진장 잘 나올 걸 생각하니 기분이 무척 상큼했다.

그리고 또 회사로 복귀해서 강한수와 함께 촬영했다는 걸 자랑하고 싶어서 입이 근질근질거리고 있었다.

그러는 사이 오늘 경기를 뛰게 된 연예인들은 강한수의 연락처를 너나 할 것 없이 따려 하고 있었다.

그렇게 어느 정도 시간이 지난 뒤에야 소요가 진정됐다.

다들 환복하고 한수도 「내가 슛돌이」팀의 의상으로 갈아입은 뒤에야 「우리 동네 슛돌이」 촬영이 드디어 시작되었다.

촬영이 시작되고 송재고 축구부원들도 잔뜩 긴장한 얼굴로 운동장에 들어섰다.

평소 그들이 공을 차는 운동장인데도 불구하고 오늘따라 유독 낯설게 느껴졌다.

아무래도 방송 촬영 중이어서 그런 것 같았다.

축구부 감독이 그런 선수들을 독려하며 말했다.

"방송이라고 쫄지 말고. 완전 개차반으로 만들어버려. 알았지?"

"예, 감독님!"

"쫄 거 없어. 어차피 다 후반전 가면 나가떨어질 거야. 무슨 뜻인지 알지?"

"예, 그럼요."

"무조건 이기겠……."

그런데 촬영장 분위기가 심상치 않았다.

뭐랄까?

평소와는 전혀 달랐다.

「내가 슛돌이」 팀 팀원들이 하나같이 눈에 독기를 잔뜩 품고 있는 것 같았다.

그때였다.

눈 좋은 몇몇 아이가 선수복을 입고 있는 연예인 한 명을 발견하고는 의아한 얼굴로 입을 열었다.

"저 감독님……."

"어? 왜?"

"저 가운데 있는 분, 강한수 선수님 아니에요?"

"맞아. 강한수 선수님 맞죠?"

"……잠깐만. 누구라고?"

송재고 축구부 감독이 눈을 휘둥그레 떴다.

그가 눈을 비비며 연예인들을 훑어봤다.

그것도 잠시 송재고 축구부 감독도 입을 쩍 벌렸다.

믿기 힘든 일이지만 진짜 그가 저 자리에 서 있었다.

"얘, 얘들아. 지, 지금 우리가 보는 게 허, 헛깨비 아니지?"

"맞다니까요!"

"……대박."

송재고 축구부 애들이 멈칫거리다가 「내가 슛돌이」 팀에 가까이 다가왔다.

그들은 고등학생답지 않게 되게 수줍은 얼굴을 하고 있었다.

그도 그럴 것이 바로 눈앞에서 강한수를 보고 있었다.

대한민국이 낳은 최고의 축구 선수가 누구냐고 하면 이견이 많이 갈렸다.

그러나 강한수가 등장한 이후 그 이야기는 쏙 들어갔다.

딱 한 시즌 활약한 것이지만 그 한 시즌 동안 강한수가 보여준 활약상은 어마무시했다.

선수 한 명의 힘으로 트레블을 들어 올린다는 건 사실상 불가능한 것인데 강한수가 그것을 해냈기 때문이다.

실제로 몇몇 축구전문가는 강한수가 조금이라도 더 나이를 먹기 전에 유럽 리그에서 몇 시즌은 더 뛰어줬으면 하는 바람을 드러내곤 했다.

그것은 유럽 명문 클럽인 레알 마드리드나 바르셀로나, 맨체스터 유나이티드 등도 마찬가지였다.

이번 겨울 이적 시장 때 한수에게 물밑 접촉을 시도한 구단도 적지 않았다.

결국 한수는 수줍음을 타고 있는 송재고 축구부 부원들에게도 사인을 해줘야 했다.

하나둘 사인을 해주고 같이 셀카까지 찍어준 뒤에야 촬영이 재개됐다.

평소였으면 연예인들끼리 볼을 차고 드리블을 하며 개인기를 연습하며 앞부분에 어느 정도 시간을 때운 다음 송재고 축구부 부원들과 연습 경기를 한두 차례 가진 뒤 제대로 된 정식 시합을 했겠지만 강한수가 오늘 하루 촬영을 위해 시간을 냈는데 그렇게 허무하게 보낼 수는 없었다.

그러면서 졸지에 「강한수의 축구 교실」이 열리게 됐다.

강한수도 먼 미래에 국가대표가 될 수 있는 선수들을 가르친다는 건 이래저래 즐거운 일이었다.

그리고 강한수는 송재고 축구부 부원들과 「내가 슛돌이」팀 선수들에게 개인기를 하나둘 선보이기 시작했다.

현란한 발 솜씨와 함께 한수가 부리는 묘기들이 작은 원 안에서 펼쳐졌고 송재고 축구부 부원들은 물론 「내가 슛돌이」팀 선수들마저 입을 쩍 벌린 채 그 모습을 지켜볼 뿐이었다.

그 뒤 한수는 자신이 보여준 개인기를 아이들에게 하나둘 가르치기 시작했고 그들이 물어보는 질문에도 친절히 응대해 주곤 했다.

그렇게 「강한수의 축구 교실」이 끝난 뒤 누군가의 제안에 의해 이번에는 강한수에게 무엇이든 물어보는 시간을 갖게 됐다.

송재고 축구부 부원들이나 「내가 슛돌이」팀에 소속된 연예인들이나 궁금해하는 건 대부분 비슷했다.

프리미어리그하고 챔피언스 리그에서 뛰면서 만났던 선수들.

그들에 대한 것들을 궁금해했다.

한 명이 손을 들며 물었다.

"저……."

"형이라고 불러."

"네! 한수 형! 그 상대했던 선수 중에서 누가 가장 까다로웠어요?"

"음, 일 대 일로 상대했을 때 말하는 거지?"

"네!"

"아무래도 레알 마드리드의 카세미루가 가장 까다로웠던 거 같아. 특히 챔피언스 리그 결승전에서 나만 집중마크하는 데 생각했던 것보다 상대하는 게 꽤 힘들더라고."

"아! 그거 봤어요!"

"어? 새벽에 하는 건데 봤어?"

"네. 당연하죠!"

한수가 웃었다.

그래도 자신이 뛴 경기를 이렇게 직접 봤다는 이야기를 들으니 마음 한구석이 벅차오르는 듯했다.

"하하, 고맙다. 근데 너 그러다가 키 안 큰다."

"……안 돼요. 저 더 커야 돼요!"

"그래, 그래. 그리고 또?"

이번에는 승준이 손을 번쩍 들었다.

한수는 그런 승준을 보며 웃었다.

연예인 축구팀에서 활동한다는 건 알고 있었는데 이렇게 방송 촬영까지 매주 할 정도로 의욕적으로 하는 줄은 전혀 생각지도 못한 일이었다.

"승준아, 뭐가 궁금한데?"

"이번에 발롱도르 못 받은 거 아쉽지 않으세요?"

"……음, 내가 일 년을 뛴 것도 아니고 사실상 엄밀히 말하면 반년 뛴 거니까 뭐 그럴 수 있다고 생각해. 아쉽기는 하지만 어쩔 수 없지."

"그러면 더 뛰어볼 생각 없으세요? 저는 한국인이 발롱도르 받는 걸 꼭 보고 싶어요!"

승준 말에 다른 사람들도 아우성치기 시작했다.

이곳은 축구를 좋아하는 연예인들과 미래에 강한수가 되길 바라며 축구공을 차는 축구부원들이 모여 있는 곳이었다.

당연히 그들 모두 한수가 다시 축구 선수로 뛰길 바라고 있었다.

"음, 생각 중이긴 해."

한수가 머뭇거리다가 대답했다.

실제로 지난번 만수르 왕자한테 한 번 빚을 진 것도 있고 또 한수 역시 발롱도르에 내심 욕심을 내고 있긴 했다.

아직 한국인 선수가 발롱도르를 받은 적은 없었다.

자신이 제일 먼저 발롱도르를 받는다면 그 역시 역사에 이름을 남길 일이다.

"진짜요?"

이승준이 벌떡 자리에서 일어났다.
그뿐만이 아니었다.
다른 사람들도 놀란 기색이 역력했다.
한수가 웃으며 말했다.
“지금 당장은 아니고. 이번에는 영화 촬영부터 해야 하니까. 뭐 빠르면 내년이나 내후년? 그때쯤 뛸 수 있지 않을까?”
“어디서 뛰시는 건데요?”
“레알 마드리드에요?”
“바르셀로나?”
“맨체스터 시티로 다시 가는 거예요?”
온갖 구단이 줄줄이 튀어나왔다.
그러는 사이 질문&답변 시간도 끝이 났다.
이제는 본격적으로 경기를 가져볼 차례였다.
골리앗과 다윗의 싸움이 될 게 뻔했지만 송재고 축구부 부원들은 당차게 자신감을 드러냈다.
어찌 됐든 나머지는 연예인이었다.
일주일에 한 번 내지 두 번 정도 공을 차는 연예인들.
하필이면 강한수가 연예인과 함께 뛴다는 게 걱정스러웠지만 그래도 길고 짧은 건 대봐야 아는 일이었다.
심판의 휘슬과 함께 경기가 시작됐다.
그리고 시작한지 십 분 만에 송재고 축구부 부원들은 깨달을 수 있었다.

강한수가 있는 팀은 그 자체만으로도 충분히 강력하다는 것을.

그래서 그들은 더욱더 바랄 수밖에 없었다.

한국인으로서는 강한수가 최초로 발롱도르를 받기를.

한수의 실력은 현란했다.

어떻게 그가 프리미어리그와 챔피언스 리그에서 그렇게 날아다닐 수 있었는지 알 수 있을 정도였다.

폭발적인 드리블과 감각적인 패스 그리고 반 박자 빠른 날카로운 슈팅은 송재고 축구부 부원들의 골 망을 연달아 가르기에 충분했다.

송재고 선수들도 이를 악물고 젖 먹던 힘까지 다해 뛰어다녔지만 한수를 막기엔 역부족이었다.

그렇게 두 골을 몰아넣은 한수는 잠시 숨을 돌리고 포지션을 변경했다.

"승준아, 이제부터 네가 공격해라."

"예, 형!"

풀백을 보고 있던 승준이 한수의 포지션으로 올라갔고 한수는 아래로 처졌다.

경기를 시작하기 전 약속되어 있던 플레이였다.

다른 연예인들은 아마추어지만 한수는 프로였다.

여기 있는 그 누구도 한수와 비빌 급이 되지 못했다.

그런 상황에서 한수가 고등학교 축구부 부원들을 상대하는 건 어린아이의 손목을 비트는 것만큼 쉬운 일이었다.

그랬기 때문에 한수는 일부러 포지션을 바꾼 것이었다.

윙어보다 풀백은 상대적으로 공격에 가담할 일이 드문 편이니까.

실제로 한수는 공격 가담을 최소한으로 줄였다.

그 대신 그는 다른 선수들에게 틈틈이 키 패스를 찔러 넣어 주며 풀백 위치에서도 월드 클래스임을 입증했다.

한수가 거의 제자리에서 크로스를 올렸는데 그게 정확하게 센터포워드 역할을 맡고 있던 배우 장우완 바로 앞에 절묘하게 떨어졌을 때 그 장면을 촬영하고 있던 메인 카메라 감독 입에서 헉 소리가 절로 나왔다.

"와, X발. 진짜 죽이네. 저게 바로 월드 클래스인 건가?"

"진짜 미친다. 미쳐. 왜 시청률 보증수표인지 알겠네."

"장난 아니야. 진짜. 무슨 헬리콥터 띄워놓고 경기장 내려다보는 것 같다니까?"

"패스마스터 사비가 그런 선수였다던데……. 하, 우리나라에 저런 선수가 나올 줄이야."

메인 카메라 감독과 메인 피디, 두 사람은 궁합이 잘 맞았다.

메인 피디 말에 카메라 감독이 눈매를 좁혔다.

"내 말이. 만약 강한수가 한 달만 더 빨리 맨체스터 시티에 입단했었더라면 월드컵 국가대표 명단에 소집됐을까?"

"어…… 어렵지 않나?"

"왜?"

카메라 감독이 머리를 긁적이며 말했다.

"어디까지나 그건 가정이긴 하겠지만 강한수가 트레블을 한 건 2019년의 일이잖아. 솔직히 까놓고 말해서 지금에야 이렇게 웃으며 이야기할 수 있는 거고 그때만 해도 강한수가 트레블할 거라고 누가 예상했겠어? 맨체스터 시티에 입단한다는 기사 떴을 때 다들 코웃음 치기 바빴잖아. 벤치만 달구다가 귀국할 거라고 말이야."

"하긴. 그건 그랬지. 그래서 월드컵 개쪽 당하고 이도저도 못하다가 귀국해 버렸으니까."

"후, 끔찍한 일이지. 월드컵 특수 노리던 소상공인들만 완전 개박살 났었잖아."

"하긴. 조 편성이 별로라고 하기도 뭐한 게 다들 고만고만한 팀들만 만난 거였는데 말이야."

"하, 만약 강한수가 내년에 다시 맨체스터 시티로 복귀하고 2022년에 카타르 월드컵 뛰게 되면…… 어떻게 될까? 우승은 어렵겠지만 그래도 16강은 진출할 수 있지 않을까?"

메인 피디가 그 말에 곰곰이 생각에 잠겼다.

방송 촬영은 뒷전이고 머릿속은 온통 강한수가 2022년 카타르 월드컵에 출전하게 되면 어떻게 될지 그 생각으로만 가득 차 있었다.

그렇지만 선수 한 명이 경기의 판세를 뒤집을 수 있을까?

실제로 크리스티아누 호날두나 리오넬 메시가 대한민국 국가대표팀에 오면 대한민국 국가대표팀의 성적이 어떻게 될지에 관해 각종 축구 관련 사이트에서는 말들이 많았다.

건설적인 토론으로 시작해서 비난이 오고가는 식으로 끝나기 일쑤였지만 대부분의 반응은 비슷했다.

선수 한 명만으로 국면을 바꿀 수 없다는 게 대부분이 공통적으로 갖고 있는 생각이었다.

'그렇지만 강한수는 왠지 모르게 그들과는 다르지 않을까' 라는 생각이 들었다.

실제로 해외축구팬인 그한테 강한수는 지난 1년 동안 엄청 많은 즐거움을 선사해 준 선수였다. 그리고 그는 볼 때마다 강한수는 역대 최고의 선수라고 평가받는 펠레나 디에고 마라도나를 뛰어넘는 그 무언가가 있다고 생각했다.

정확하게 무엇이라고 설명할 수는 없지만 어쨌든 그가 경기장에서 보여주는 모습은 상상하는 것 이상이었다.

그때였다.

한수가 송재고 축구부 부원 한 명을 제치고 다시 한번 정확하게 택배 크로스를 띄워 올려주는 모습이 보였다.

아름다운 포물선을 그리며 떨어진 택배 크로스는 이번에는 한수 대신 오른쪽 윙에서 뛰고 있던 승준에게 곧장 연결이 되었다.

오른쪽 측면으로 돌파해 들어가다가 중앙으로 파고들던 승준은 자신에게 연결된 패스를 침착하게 터치한 뒤 그대로 슈팅을 때려 넣었다.

철썩-

강력한 슈팅에 단숨에 골 망이 거칠게 흔들거렸다.

승준은 골을 넣자마자 환호성을 내지르며 한수에게 뛰어들었다.

"혀어어엉!"

한수는 놀란 얼굴로 승준을 바라봤다.

수비수 뒤쪽으로 절묘하게 오프사이드 트랩을 뚫고 들어가는 모습이 보여서 패스를 찔러 넣었는데 설마 하니 원터치를 하고 곧장 슈팅을 때릴 줄은 몰랐다.

웬만한 프로 선수도 실패할 가능성이 높은데 그것을 그대로 골로 연결한 것이었다.

어이없는 얼굴로 승준을 보고 있을 때 승준이 한수에게 안겨들었다.

"인마, 징그러워."

"와, 형 패스 진짜 어떻게 그렇게 해요? 제가 보였어요?"

"그럼. 보였지. 네가 오프사이드 트랩 뚫고 파고들기에 찔러 넣긴 했는데…… 와, 나는 네가 더 대단한데?"

"하하, 운이 좋았어요."

그때 다른 팀원들도 두 사람에게 뛰어왔다.

그들 모두 놀란 표정이었다.

"승준아! 너 공격도 그렇게 잘했냐?"

"와, 진짜 방금 전 완전 하이라이트감인 거 알지?"

"대박이었어. 대박. 상대 골키퍼가 손 쓸 틈도 없이 먹히더라."

"감사합니다, 감사합니다."

센터포워드에서 뛰고 있던 장우완도 덕담을 건넸다.

"승준아, 데뷔 골 축하한다."

"어? 저 데뷔 골이었어요?"

"그래. 다음부터는 네가 센터포워드 자리에서 뛰어도 될 거 같은데?"

"제가요? 그럴 리가요."

승준이 고개를 절레절레 저었다.

배우 장우완은 충무로에서 구른 지 이십 년이 넘는, 승준 입장에서는 까마득한 대선배였다.

그런 대선배가 뛰고 있는 자리를 빼앗는다는 건 말도 안 되는 일이었다.

그뿐만 아니라 배우 장우완은 「내가 슛돌이」 팀의 팀장이기도 했다.

승준이 몇 차례 한사코 거절을 한 뒤에야 다시 각자 자리로 돌아가기 시작했다.

그와 함께 30분이 지나며 전반전이 끝이 났다.

예전 같았으면 2 대 0 내지 3 대 0으로 「내가 슛돌이」 팀이 질질 끌려 다녔을 텐데 이번에는 그렇지 않았다.

오늘은 「내가 슛돌이」팀이 송재고 축구부를 상대로 3 대 0으로 앞서나가고 있었다.

한수가 연달아 두 골 넣은 것과 그 뒤 한수의 키 패스를 받은 승준이 골 망을 가른 것, 이 덕분이었다.

그리고 전반전이 끝났을 무렵 메인 피디가 「내가 슛돌이」 팀을 불러 모았다.

팀장 장우완이 메인피디를 쳐다보며 물었다.

"피디님, 무슨 일 있습니까?"

"후반전부터는 강한수 씨가 송재고 축구부에서 뛰었으면 해서요."

"……예?"

장우완이 눈을 휘둥그레 뜨며 메인피디를 바라봤다.

말도 안 되는 소리였다.

사실상 강한수는 지금 「내가 슛돌이」 팀 전력의 7할 이상이라 할 수 있었다.

그런 그가 송재고 축구부에서 뛰어버리게 되면 「내가 슛돌이」 팀 입장에서는 속수무책으로 당할 수밖에 없었다.

"말도 안 돼요, 피디님. 그랬다가 우리 완전 망해요."

"에이. 장우완 씨, 애들이잖아요. 걔들한테 강한수 씨하고 함께 뛰는 게 얼마나 영광이겠어요? 그러지 말고 한 번 양보해 줍시다."

"……팀원들하고 한번 상의해 볼게요. 그래도 되죠?"

메인피디가 선뜻 고개를 끄덕였다.

그러면서 그가 한 마디 덧붙였다.

"예능 프로그램이잖아요, 우완 씨. 좋게 좋게 갑시다."

"알겠습니다."

얼마 뒤 장우완이 돌아왔다.

팀원들은 대부분 문제없다는 것이었다.

어차피 예능 프로그램이고 「내가 슛돌이」 팀이 무조건 이겨야 하는 것도 아니었다.

그런 걸 생각해 보면 강한수가 송재고 축구부에서 뛰는 것도 문제 될 일은 없었다.

다만 장우완이 반발했던 건 승부욕이 워낙 강했기 때문이다.

그렇게 전반전과 달리 후반전에는 강한수가 송재고 축구부 유니폼을 입고 경기장에 들어서게 됐다.

졸지에 한수와 마주 보게 된 승준이 투덜거리며 말했다.

"아, 형. 너무하는 거 아니에요?"

"왜? 얘들하고도 같이 한 경기 뛰어야지."

"그래도요. 이건 완전 배신이라고요!"

"됐어. 근데 너 후반전에는 윙어로 뛰는 거야?"

"하하, 그게…… 그렇게 하기로 했어요."

승준이 슬쩍 뒤를 쳐다봤다.

뒤에는 배우 장우완이 서 있었다.

승준이 윙어로 서게 되면서 장우완이 풀백 자리로 옮긴 것이었다.

그것은 아까 전 강한수가 찔러 넣은 키 패스를 득점으로 연결시키지 못했던 것에 대한 자기반성이라는 이야기도 있었다.

한수는 그런 장우완을 보며 머리를 절레절레 저었다.

어떻게 보면 책임감이 그만큼 강한 거겠지만 어떻게 보면 쓸데없이 자기고집이 강한 타입인 것일지도 몰랐다.

그러나 늘 최고의 자리에 오르는 사람은 저렇게 자기고집이 강한 경우가 많았다. 그리고 그의 축구에 대한 열정 그리고 「내가 슛돌이」 팀에 대한 애정은 진짜배기였다.

그리고 후반전이 시작됐다.

「내가 슛돌이」 팀의 팀원들은 후반전을 뛰어보면서 강한수의 실력이 어느 정도인지 실제로 체감할 수 있었다.

자로 그은 듯한 패스가 곳곳에서 터져 나왔고 그가 한번 공을 잡으면 빼앗는 게 절대 불가능했다.

프로와 아마추어, 그 벽이 어마어마하다는 건 몇 주 전에 K리그에서 뛰는 프로들을 상대하며 느꼈지만 강한수는 그들과는 비교도 할 수 없을 만큼 훨씬 더 상위에 위치해 있는 플레이어였다.

그리고 그 날 「내가 슛돌이」 팀 팀원들은 천외천의 경지를 느끼며 송재고 축구부원들한테 세 골을 연달아 헌납했고 게임은 무승부로 그렇게 마무리되었다.

두 팀 간의 경기는 무승부로 끝이 났다.

하지만 그들이 경기를 하는 사이 어디선가 소문이 났는지 경기장 주변에는 적지 않은 사람들이 몰려 있었다.

개중 대부분은 기자들이었다.

기자들이 소문을 전해 듣고 이곳까지 몰려온 것이었다.

기자들만 와 있는 건 아니었다.

개중에는 외국인으로 보이는 사람도 몇몇 있었다.

그들은 동아시아 쪽을 관할하고 있는 스카우트들이었다.

개중에는 네덜란드 리그나 포르투갈 리그에서 주로 활동하는 스카우트들이 많았다.

그러나 몇몇은 잉글랜드 리그의 스카우트들이었다.

그들 모두 가장 주목하고 있던 건 역시 강한수였다.

처음에만 해도 송재고 축구부 선수인 줄 알았던 그들은 뒤늦게 그가 강한수라는 걸 알게 되고 나서는 허탈한 얼굴을 할 수밖에 없었다.

"역시 엄청나군. 엄청나. 반년 정도 쉬면서 실력이 녹슬지 않을까 했는데 여전하군."

"상대가 아마추어인 것도 감안해야지."

"그걸 감안해도 저 패스나 저 시야, 저런 건 그때하고 별반 다를 게 없잖아. 아, 우리 팀으로 한스를 데려올 수만 있다면 특진은 문제없을 텐데."

"특진이 문제겠어? 너한테 동아시아 스카우트 팀장 자리를 만들어줄걸? 하하."

"근데 진짜 축구 선수로 다시 돌아올 생각은 없는 걸까?"

"올해 영화 찍는다고 하지 않았어? 할리우드로 이미 진출했다던데?"

"……젠장. 그럼 그가 다시 그라운드를 밟는 일은 없을 것이란 말이군."

스카우트 한 명이 그 말에 고개를 절레절레 저었다.
"글쎄. 복귀할 수도 있을 거 같던데?"
"뭐? 어딘가 소스가 있어?"
"만수르 왕자가 며칠 전 한국에 왔다간 거 알고 있어?"
"뭐라고? 만수르 왕자가 왜?"
"한스를 보려고 왔다던데? 요새 맨체스터 시티 성적이 좋지 않잖아. 그래서 다시 한스를 데려오고 싶어졌나 봐. 거액의 주급을 제시했다고 하는 썰이 있어."
"……미친. 그거 진짜야?"
다들 놀란 얼굴이었다.
그때 그들 곁에서 경기를 보고 있던 또 다른 일행이 있었다.
그들은 한수를 눈여겨보며 이런저런 대화를 나눴다.
그때 한 명이 가장 나이가 많은 남자를 보며 물었다.
"위원장님, 어떻게 생각하십니까?"
"흐음, 회장님께 물어보긴 해야겠지만…… 한번 선발해 보는 것도 나쁘진 않겠지."
"그렇습니다. 가뜩이나 지난 러시아 월드컵 때 참패당한 걸로 말이 많은데 강한수 선수를 국가대표로 데려올 수만 있다면 국민들이 지지를 무조건 보낼 겁니다."
"그렇습니다. 위원장님."
"저는 무조건 데려올 필요가 있다고 생각합니다."

한수를 놓고 떠들썩하게 이야기 중인 그들은 대한민국 축구 협회 기술위원들이었다.

2018년 러시아 월드컵.

대한민국 국가대표팀은 좋지 않은 경기력에도 불구하고 본선에 진출하는 데 성공했다. 그리고 32강에서 생각 외로 수월한 상대를 만났지만 대한민국은 단 1승도 거두지 못한 채 그대로 짐을 싸들고 귀국해야 했다.

게다가 그 이전부터 구설수에 올랐던 한 선수의 발언이 다시 한번 점화되고 선수들끼리 사용하는 단톡방이 공개되면서 파장은 일파만파 커졌다.

국내파와 중국파 그리고 유럽파.

이렇게 대한민국 국가대표팀이 세 갈래로 나뉘어 서로 물고 뜯고 싸우고 있던 것이다.

단합이 되려야 될 수 없었고 감독도 어떻게 손을 쓸 수 없는 상황이었다.

그게 일파만파 커지면서 국가대표팀을 바라보는 시선도 대단히 싸늘해진 상태였다.

특히 지탄의 대상이 된 건 대한민국 축구 협회였다.

축구 협회부터 말이 많으니 그 아래 선수들도 문제를 일으킨다는 반응이 여럿 있었던 것이다.

실제로 축구 협회가 하는 일이 뭐가 있냐면서 당장 해체해야 한다는 의견도 적지 않았다.

일부 축구 협회 기술위원들이 대놓고 중국에서 뛰는 선수들을 감싸고 돌면서 팬들과 마찰을 일으킨 것도 영향을 끼쳤다.

결국 그들로서는 팬들의 마음을 사로잡을 특별한 비책이 필요했다.

그리고 그들이 갖고 있는 최상의 패는 한 명뿐이었다.

강한수.

그밖에 없었다.

실제로 저번 달에 한 업체에서 설문조사를 시행한 적이 있었다.

2018년 러시아 월드컵에 은퇴했든 현역으로 뛰고 있든 누구든 딱 한 명의 선수를 데려갈 수 있다면 어떤 선수를 데려가고 싶냐는 게 설문조사였다.

전설적인 선수 차형민부터 시작해서 맨체스터 유나이티드의 앰버서더 박유성, 반지의 남자 안형찬까지 정말 다양한 선수들이 후보군을 형성했다.

하지만 가장 압도적인 지지를 받은 선수는 '해당 없음'이었다. 그리고 팬들은 따로 의견을 남겼는데 그 선수는 바로 강한수였다.

맨체스터 시티에서 단 한 시즌 뛰었지만 트레블을 거머쥐었던 강한수.

사람들이 원하는 선수는 바로 그였다.

그랬기에 그들은 이곳까지 직접 행차를 한 것이었다.

강한수, 그를 실물로 직접 보고 싶었기 때문이다.

그리고 아마추어가 상대지만 아마추어를 상대로 엄청난 경기를 보여주는 강한수를 보며 이들은 무조건 2022년 카타르 월드컵의 국가대표로 강한수를 뽑아야겠다고 생각하고 있었다.

전반전과 후반전이 모두 끝이 났다.

그러자 슬슬 시간은 오후 한 시를 넘어 두 시를 향해가고 있었다.

보통 촬영은 해가 지기 전까지 계속되지만 오늘은 비정상적으로 촬영이 일찍 마무리됐다.

강한수 덕분에 워낙 영상이 차고 넘치는 까닭에 추가 촬영이 필요없어졌기 때문이다.

그렇게 촬영이 끝난 뒤 그들은 회식을 하기 위해 미리 예약해뒀던 고기 집으로 이동할 준비를 하기 시작했다.

강한수는 배우 장우완에게 다가가서 악수를 건넸다.

"오늘 고생하셨습니다."

"한수 씨도요. 진짜 제가 게스트 보고 이렇게 감탄한 적은 없었는데…… 오늘 나와 주셔서 정말 감사합니다."

"별말씀을요. 제가 다 출연하고 싶어서 한 걸요."

"오늘 회식도 같이 하실 거죠?"

"예, 물론이죠."

"같이 가시죠."

그리고 두 사람이 함께 회식 장소로 이동하려 할 때였다.

한수 앞을 가로막아선 사람들이 있었다.

한수가 의아한 얼굴로 물었다.

"누구시죠?"

"안녕하십니까? 강한수 씨, 맞으시죠?"

"예, 제가 강한수 맞습니다."

"저는 대한민국 축구 협회 기술위원회에서 나왔습니다. 이 분은 기술위원장님이십니다."

한수는 떨떠름한 얼굴로 그들을 쳐다봤다.

설마 하니 대한민국 축구 협회에서 나올 줄은 생각지도 못한 일이었다.

"무슨 일이시죠?"

"잠시 자리를 옮겨서 대화 좀 나눌 수 있을까요? 위원장님께서 강한수 선수하고 따로 하고 싶은 이야기가 있으셔서요."

"그건 어렵겠는데요?"

"예?"

"저는 오늘 함께 고생해 준 「내가 슛돌이」 팀 선수들하고 「우리 동네 슛돌이」 스태프들 그리고 여기 송재 고등학교 축구부 부원들과 다함께 회식하러 가기로 했거든요. 죄송합니다."

한수는 그 말을 끝으로 다시 회식 대열에 합류했다.

오히려 당황한 건 「우리 동네 슛돌이」의 메인 피디였다.

그래도 상대는 대한민국 축구 협회의 기술위원장이었다.

그를 홀대했다가는 국가대표로 선발될 일은 아예 없어진다고 봐야 했다.

메인 피디 입장에서는 어떻게든 한수가 국가대표로 뛰는 모습을 보고 싶었기에 방금 전 한수가 한 말이 더욱더 아쉽게 느껴질 수밖에 없었다.

하지만 한수 입장에서 굳이 국가대표로 뛸 생각은 없었다.

돈을 주는 것도 아니고 그렇다고 뛴다고 해서 좋은 것만 있는 것도 아니었다.

괜히 국가대표로 출전했다가 2022년 카타르 월드컵에서 좋지 않은 성적을 거두면 그 비난은 고스란히 자신에게 쏟아질 게 분명했다.

누구는 병역 면제를 위해서 국가대표로 뛴다고 하지만 한수는 이미 현역 제대한 지 오래였다.

그렇다 보니 한수 입장에서는 굳이 그들한테 매달릴 필요가 전혀 없는 것이었다.

실제로 그는 초등학교부터 고등학교까지 대한민국에서 축

구 선수로 뛴 것도 아니었다.

졸지에 당황한 건 기술위원들이었다.

강한수가 이 영광스러운 자리를 무조건 받아들일 것이라고 생각했지만 그것은 그들의 오판일 뿐이었다.

멀어지는 한수를 보며 기술위원 한 명이 혀를 찼다.

"어떻게 할까요? 어린 녀석이 겁도 없이……."

"내버려 둡시다."

"예? 그래도 이야기는 한 번 더……."

"선수 본인이 국가대표 되는 걸 싫어하는데 어쩌겠습니까? 중이 떠난다는 걸 절이 어떻게 막겠어요? 그냥 내버려 둬요."

"아니, 위원장님. 가뜩이나 강한수를 이번 2022년 카타르 월드컵 국가대표팀에는 무조건 뽑아야 한다는 여론이 어마어마하게 많은데 그 여론들은 어떻게 하고요?"

"허허, 그러게 말이죠. 선수가 싫다는데 축구 협회에게 무슨 힘이 있다고 그렇게 무식하게 떠들어대는 건지. 이렇게 기사화하면 되지 않겠어요?"

"……좋은 생각이시군요."

기술위원장이 흐뭇한 미소를 지었다.

옛말에 가장 좋은 전략은 이이제이(以夷制夷)라는 말이 있다.

기술위원장은 축구 협회를 헐뜯는 무지몰각한 팬들과 강한수를 서로 싸움 붙일 생각이었다.

회식이 있는 곳은 송재 고등학교에서 멀리 떨어지지 않은 곳에 위치해 있는 고깃집이었다.

이미 연락을 받고 세팅은 모두 끝나 있었다.

남은 건 한가득 차려진 고기를 실컷 구워 먹는 것뿐이었다.

그때 승준이 한수를 보며 물었다.

"형, 진짜 국가대표 될 생각 없어요?"

"응. 딱히 생각해 본 적 없어."

"진짜요? 저는 형이 국가대표 선수로 뛰는 거 보고 싶었는데……."

"왜? 뛰어봤자 딱히 이득 될 일도 없는데. 막말로 내가 뛰었는데 조별 예선이나 32강에서 탈락하면 나도 엄청 욕 먹을걸?"

"……그, 그건 그렇긴 하겠지만 그래도……."

승준이 머뭇거렸다.

하지만 한수 말이 틀린 것도 아니었다.

그랬기에 막상 그런 생각을 하게 되자 말하는 게 조금 부담스러워졌다.

다른 팀원들도 한수를 보며 말했다.

"저도 한수 씨 생각하고 같아요. 국가대표로 안 뛰어도 되잖아요. 솔직히 국가대표로 뛴다고 해서 좋은 게 있는 것도 아니고."

"나도 똑같은 생각이에요."

예전이었으면 달랐을 것이다.

어째서 국가를 위해 자신을 희생하지 않느냐고 따져 묻는 사람이 더 많았을지도 모른다.

그러나 시간이 지나면 지날수록 사람들의 사고관은 조금씩 바뀌고 있었다.

국가보다 개인을 더 우선시하기 시작했다.

그러면서 병역 의무를 지기 싫어하는 사람들도 늘어나고 있었다.

양성평등을 주장하면서 여성도 병역의 의무를 져야 한다고 청원 운동이 벌어지기도 했다.

그때 누군가 한 명이 휴대폰을 만지작거리던 중 한수를 보며 소리쳤다.

"한수 씨! 이거 봤어요?"

"뭔데요?"

"방금 뜬 기사인데 이거 한수 씨 기사 아니에요?"

한수가 그에게 휴대폰을 건네받았다.

바로 몇 분 전 누군가 급하게 써 올린 기사가 포털 사이트 메인에 걸려 있었다.

기사 제목부터 어그로를 끌기에 딱 좋은 제목이었다.

「전 축구 선수 강○ 씨, 영예스러운 국가대표의 자리를 단칼에 거절하다.」

기사 내용은 더 가관이었다.

새벽부터 찾아온 기술위원들의 읍소를 무시한 채 회식을 해야 한다며 바쁘게 자리를 떴다고 기술해 놓고 있었다.

그뿐만 아니라 그 기자는 잠깐만 대화를 나누면 된다는 기술위원의 간곡한 부탁을 가볍게 무시하고 예능 프로그램 회식을 떠난 그 선수를 국가대표로 발탁해야 하느냐는 질문을 던지고 있었다.

한수는 그에 대한 댓글 반응을 살폈다.

의외로 찬반 여론이 일정하게 나뉜 상태였다.

일부는 영예로운 국가대표 선수 자리를 박찬 한수를 향해 욕설을 퍼부었지만 일부는 그런 한수를 옹호했다. 그리고 한수의 이야기도 들어봐야 한다고 주장하고 있었다.

예전이었으면 기사 내용만 믿고 득달같이 달려들었을지도 모르지만 요즘은 양쪽의 말을 모두 다 듣고 나서 비판해도 늦지 않다고 판단하는 사람이 늘었기 때문이다.

옆에서 따로 휴대폰으로 기사를 읽어보던 승준이 한수를

보며 물었다.

"형, 어떻게 하실 거예요? 이대로 지켜보고만 있을 거예요?"

"뭐, 딱히 틀린 말은 안 했네. 조금 내가 억울할 수도 있게 만들어놓긴 했지만 말이야."

"아니, 반박 기사 내야 하는 거 아니에요? 그 자리에 다른 기자님들도 많았잖아요. 그분들한테 도와 달라 해도 되고요."

"일단 지켜보고. 굳이 내가 국가대표에 필요 없다고 하면 안 나가도 되는 거잖아. 어쨌든 여론도 중요하긴 하니까."

"에이, 형이 국가대표 된다고 하면 다들 좋아할걸요? 어게인 2002! 가능할 수 있지 않을까요?"

한수가 멋쩍게 웃었다.

점점 더 모든 게 첨단화되어 가고 있다.

현대 축구도 마찬가지다.

과거에는 선수 한 명이 시스템을 붕괴시키는 게 가능했다.

그러나 전술이 만들어지고 체계적인 시스템이 마련되기 시작하면서 선수 개개인이 시스템을 붕괴시키는 건 불가능해졌다.

혼자서 상황을 뒤바꾸는 게 어려워진 것이다.

그래도 펩 과르디올라 감독이 이끌던 바르셀로나 같은 경우 리오넬 메시가 말도 안 되는 경기력을 몇 차례 선보인 적이 있긴 했다.

그러나 그 리오넬 메시도 국제대회에서는 이렇다 할 좋은 성적을 거두지 못했다.

리오넬 메시는 끝내 월드컵을 들지 못하고 국가대표팀에서 은퇴하고 말았다.

그것을 감안하면 맨체스터 시티에서 바르셀로나의 리오넬 메시보다 더 좋은 모습을 보인 적 있는 강한수일지라도 국가대표팀에서 뛸 경우 시원치 않은 경기력을 보일 수밖에 없을 수도 있었다.

한수라고 해서 열한 명을 상대로 이길 수 있는 건 아니었다.

"일단 지켜보자. 여론이 어떻게 돌아가는지 알아보고 나서 결정할 생각이니까."

한수의 생각은 여전히 변함이 없었다.

국가대표로 뛸 생각은 사실 없었다.

정말 국민이 원한다면 딱 한 번 카타르 월드컵에서 뛸 수는 있겠지만 웬만해서는 뛰고 싶지 않은 게 한수의 속마음이었다.

그렇게 회식이 계속되는 동안 한수가 이렇다 할 해명을 하지 않자 온라인뿐만 아니라 오프라인까지 시끌벅적해지기 시작했다.

그리고 그다음 날 한수는 포털 사이트 메인에 뜬 인기검색어 1위를 보고 혀를 찰 수밖에 없었다.

1위. 강한수 국가대표 선발 청원 운동.

"……."

그는 링크를 따라 청와대 홈페이지에 접속했다.

채 하루도 지나지 않았는데도 불구하고 이미 청원 운동에 참가한 사람이 십만 명을 넘어가고 있었다.

CHAPTER 5

"아니, 도대체 이게 왜 청와대 홈페이지에 뜬 거지?"

한수는 어이 없는 얼굴로 내용을 훑었다.

그리고 그는 자는 동안 상황이 완전히 뒤바뀌었다는 걸 알 수 있었다.

기술위원들이 누군가를 포섭해서 올린 기사가 왜곡되어 있다는 게 알려진 것이었다.

「우리 동네 숏돌이」에 출연했던 몇몇 연예인이 SNS에 해명 자료를 올리면서 한수를 옹호했고 송재 고등학교 축구부원들도 한손 거들고 나섰다.

그러면서 여론이 역전됐고 졸지에 그 기사를 올린 기자가 쌍욕을 먹게 됐다.

그러다가 그 기자는 자신은 그냥 기술위원회로부터 전달받은 내용 그대로 기사를 올렸을 뿐이라고 항변했고 그러면서 상황이 뒤바뀐 것이었다.

그것 때문에 청와대 홈페이지에 대한민국 축구 협회의 기술위원회를 이대로 내버려둬도 되냐는 청원글과 함께 강한수를 국가대표로 선발해 달라는 청원 운동이 빗발치게 된 것이었다.

한수는 혀를 내둘렀다.

정말 많은 사람이 자신이 국가대표가 되길 원한다면 한수는 기꺼이 국가대표로 뛸 생각이 있었다.

어차피 2022년 카타르 월드컵까지는 아직 2년이라는 시간이 남아 있었다.

한수는 아침 일찍부터 준비를 서둘렀다.

오늘은 팬미팅이 있는 날이었다.

미용실에서 부지런히 단장을 하고 준비를 하는 동안 박 대표는 옆에 달라붙은 채 한수를 보며 떠들어대고 있었다.

"너 진짜 국가대표 안 할 거야?"

"글쎄요. 고민 중이에요."

"와, 진짜. 살다 살다 국가대표 자리 두고 고민하는 애 처음

봤다. 인마, 너 청원 운동 벌써 찬성표 던진 사람이 삼십만 명을 넘어가고 있어. 몰라?"

"알죠. 제가 그걸 왜 몰라요. 그냥 고민 중이라는 거예요. 국가대표 나가봤자 저한테 좋은 게 뭐 있다고 그래요. 죄다 안 좋은 것 밖에 없는데. 형도 잘 알잖아요."

한수 말에 박 대표가 눈매를 좁혔다.

그러나 한수 입장에서 국가대표는 독이 든 성배나 다름없었다.

병역 면제 혜택이 있는 것도 아니고 돈을 많이 주는 것도 아니다.

말 그대로 명예직일 뿐이다.

하지만 좋은 성적을 거두지 못할 경우 가장 많은 욕을 먹게 되는 것도 한수였다.

그동안 쌓아둔 좋은 이미지를 죄다 날릴 수도 있었다.

그래서 한수는 가급적이면 국가대표로 뛰고 싶지 않았다.

박 대표도 거기까지 생각에 미치자 한수를 더는 설득하기 어려웠다.

생각해 보면 한수 입장에서는 독이면 독이었지 이득은 없는 일이었다.

결국 그는 설득을 뒤로 한 채 단장이 끝난 한수와 함께 오늘 팬미팅이 열리는 곳으로 향하기 시작했다.

한수가 박 대표에게 물었다.

"팬은 많이 왔어요?"

"글쎄. 많이 오지 않았을까?"

"무슨 대답이 그렇게 시원찮아요? 진짜 몇 명밖에 안 온 거 아니에요?"

박 대표가 웃으며 입을 열었다.

"걱정 마. 많이 왔을 거야. 그래서 일부러 대관도 빵빵한 곳으로 해뒀잖아. 그보다 너는 첫 팬미팅인데 안 떨리냐?"

"떨릴 일이 있어요? 후, 그건 그렇고 다음 주부터 무대 인사 돌아야 하는 거 맞죠?"

"응. 맞아. 서울부터 시작해서 인천, 대전, 대구, 부산 이런 식으로 돌 거야."

"꽤 강행군이겠네요."

"강행군이라면 강행군이긴 하지. 그보다 그 두 사람은?"

박 대표가 묻는 사람은 다니엘과 사이먼이었다.

한수가 웃으며 말했다.

"아, 오늘 입국한다고 하더라고요."

"그래? 두 사람은 어디서 지내게 하려고?"

"어디긴요. 우리 집이죠."

"……진짜? 괜찮겠어?"

한수가 심드렁한 얼굴로 대꾸했다.

"저 혼자 사는데 뭔 상관이에요. 여자친구도 없고."

"아. 맞다. 마침 너 여자친구 없어서 팬들이 신났더라."

"……후, 진짜요?"

"잘 헤어졌다는 반응이 많던데? 실제로 그 여자 무슨 IS에서 활동하던 이중간첩이라던데?"

"……네?"

한수가 당혹스러운 얼굴로 물었다.

박 대표가 고개를 갸웃거렸다.

"응? 몰랐어?"

"진짜예요?"

한수는 상황이 그렇게 흘러갈 줄은 전혀 생각지도 못했다. 그리고 그는 뒤늦게 어떤 일이 일어났는지 알 수 있었다.

전 CIA 국장 마이클 포드는 해임됐고 징역형을 살게 됐다.

윌리엄 크루버는 스톡옵션을 뺏기고 구글에서 해고당했으며 레이 커즈와일 역시 막대한 손해배상금을 물어야 하는 처지에 놓여버렸다.

가장 압권은 에바 로렌이었다.

그녀는 NSA와 인터폴의 끈질긴 추격 끝에 사로잡혔고 미국으로 호송됐다. 그리고 NSA에서는 하루 뒤 그녀를 IS에서 미국과 영국 양국을 이간질시키기 위해 이중첩자로 활동했다고 발표했고 그녀는 평생 감옥에 갇혀야 하는 신세로 전락해 버렸다.

국가반역자에 대해서는 엄벌을 처하고 있기 때문에 신속하게 모든 상황이 이루어진 셈이다.

그것 덕분에 미국과 영국은 예전만큼은 아니지만 그들 관계가 어느 정도 다시 회복세에 돌아서게 됐고 SAS 요원이었던 사이먼과 다니엘도 한국으로 입국할 수 있게 된 것이었다.

한수는 마치 번갯불에 콩을 구워먹듯 순식간에 벌어진 일들을 확인하며 입술을 깨물었다.

CIA의 그 과학자 한 명을 뺀 나머지는 한수하고 얽혔다가 더 큰 보복을 당해 버렸다.

한수 입장에서는 해피엔딩이지만 그들 입장에서는 아닌 밤중에 홍두깨로 두들겨 맞은 셈이었다.

물론 그렇다고 해서 그들이 안쓰럽거나 그렇진 않았다.

그들은 자신을 납치해서 뇌를 해부해 볼 생각까지 하고 있었다.

죄책감을 가질 이유는 전혀 없었다.

거기에 한수가 없는 죄를 억지로 만들어낸 것도 아니었다.

에바 로렌이 이중간첩으로 몰릴 줄은 생각지도 못한 일이었지만 그만큼 미국이 이번 사안을 심각하게 받아들이고 있었다는 반증이기도 했다.

그러는 사이 한수와 박 대표를 태운 밴이 팬미팅 현장에 도착했다.

그들은 대기실로 곧장 향했다.

한수 혼자 대기실에 남은 채 박 대표는 김 실장과 함께 상황을 확인하기 위해 나갔다.

홀로 남겨진 뒤 한수는 전화를 걸었다.

상대는 만수르 왕자였다.

얼마 지나지 않아 그가 전화를 받았다.

"왕자님, 접니다."

-오, 그래. 이야기는 들었네. 애쉴…… 아니, 에바 로렌 그녀는 결국 IS에서 보낸 이중간첩이었던 모양이야.

"그러게요. NSA에서 그렇게 발표를 했더군요."

-그런 그녀가 왜 자네한테 접근을 한 건지 이유를 모르겠더군. 혹시 한스, 자네 NSA하고 함께 일을 하고 있나?

한수가 어처구니없는 얼굴로 되물었다.

"예? 설마요. 갑자기 그게 무슨 말씀이시죠?"

-그렇지 않고서야 그녀가 의도적으로 자네한테 접근할 이유가 있을까?

"글쎄요."

-한스, 나는 믿어도 되네. 나는 자네의 조력자이자 친구일세. 친구를 믿지 못한다면 누구를 믿겠는가?

"……친구요?"

-그래. 나는 자네를 내 벗으로 여기고 있다네. 그러니까 걱정할 필요 없네. 그래서 하나 자네한테 충고를 해주고 싶군.

"귀담아 듣겠습니다."

-아직도 자네한테 관심을 갖고 있는 사람들이 한둘이 아닐세. 분명히 사이먼과 다니엘은 믿을 수 있는 사람들이지만 또 어떤 일이 일어날 줄 알겠나? 그러니까 부디 몸조심하길 바라겠네.

"감사합니다."

한수는 전화를 끊고 난 뒤 만수르 왕자가 했던 말을 다시 한번 상기시켰다.

그 말대로다.

여전히 자신을 노리는 사람 혹은 조직이 더 있을 가능성은 충분했다.

CIA에서만 자신에게 관심을 가진 건 아닐 터였다.

그보다 더 많은 조직에서 지금도 자신에게 호기심을 품고 있을 테고 개중에는 CIA에서 하려고 했던 짓보다 더 극악무도한 짓을 저지르려고 하는 자들도 있을 게 분명했다.

그것을 염두에 둔다면 몸을 사려야 했다.

'아무래도 당분간 다른 건 손대지 말아야겠다.'

채널을 확보하고 능력을 얻는 건 좋지만 그것을 티내서는 안 되겠다고 생각했다.

사실 지금도 충분히 과했다.

사람이 이렇게 다양한 것들을 골고루 잘한다는 건 정말 흔치 않은 경우였으니까.

그때 대기실 문을 두드리는 소리가 있었다.

"예, 누구세요?"

"나야. 들어가도 되지?"

"예, 들어오세요. 대표님."

문을 열고 들어온 박 대표가 한수를 보며 말했다.

"준비 다 끝났다. 바로 가자."

"그럴까요?"

"아, 너 기타. 저 기타도 챙겨야지."

박 대표가 한수가 가져온 기타 케이스를 가리켰다.

에릭 클랩튼이 그에게 선물한 기타가 케이스 안에 들어 있었다.

한수는 기타를 맨 채 무대로 향했다.

막상 팬미팅을 하게 된다고 생각하자 강철 같던 심장이 조금씩 떨리기 시작했다.

박 대표가 그런 한수를 보며 히죽 웃었다.

"왜? 이제야 조금 실감이 되냐?"

한수가 멋쩍게 웃었다.

그는 정말 다양한 경험을 머릿속에 갖고 있었다.

개중 대부분은 연예인이었다. 그리고 그들 모두 팬미팅을 여러 차례 소화한 베테랑들이었다.

그래서 한수는 이번이 첫 팬미팅이긴 해도 전혀 문제없이 나설 수 있을 거라고 생각했었다.

하지만 그건 자신의 착오였다.

실제로 이런 상황에 맞닥뜨리니 긴장감이 두 배, 세 배로 더 배가되는 것만 같았다.

한수는 떨리는 마음을 억지로 가라앉혔다.

"후."

그는 천천히 오늘 팬미팅이 열리게 된 장소로 향했다.

그리고 문을 열고 안으로 들어섰다.

새까만 어둠이 깔려 있었다.

앞을 분간할 수 없을 정도로 무척 어두웠다.

한수가 멈칫했다.

숨소리가 조금씩 들리고 있었다.

그러는 사이 스태프들이 한수를 양쪽에서 붙잡고 그를 무대 한가운데 앉혔다.

한수가 주변을 두리번거렸다.

그러나 여전히 무엇 하나 볼 수 없을 만큼 새까맣기만 했다.

이곳은 영화관이었다.

한수가 조심스럽게 입을 열었다.

"안녕하세요, 강한수입니다."

비명 소리가 한두 군데에서 터져 나왔다.

한수가 웃음을 흘리며 말했다.

"다행이네요. 아무도 안 온 줄 알았는데 그건 아닌가 봐요."

한수는 컴컴한 가운데 앉아 있을 팬들을 생각했다.

그때 스태프들이 다가오더니 한수의 의자를 거꾸로 돌렸다.

"저기 이게 뭐……."

그와 동시에 영상이 켜졌다.

한수는 자연스럽게 고개를 들어올렸다.

그 안에는 자신이 처음 홍대에서 버스킹을 했을 때부터 그 이후 활약했던 과정이 고스란히 녹아 있었다.

그것을 보며 한수는 그동안 자신이 정말 많은 것들을 이뤄왔다는 걸 알 수 있었다.

그리고 모든 영상이 끝나갈 무렵 박수갈채가 쏟아지기 시작했다.

와아아아아-

동시에 엄청난 환호성이 뒤를 이었다.

그리고 한수가 등을 돌렸다.

맨 앞줄부터 그리고 가장 뒷줄까지 헤아릴 수 없을 만큼 많은 사람이 자리를 잡고 앉아 있었다.

남녀노소 가릴 것 없이 자리를 메우고 있는 이렇게 많은 사람을 보면서 한수는 자신도 모르게 그 자리에 굳어버리고 말았다.

맨체스터 시티에서 축구 선수로 뛰고 또, 할리우드까지 진출하면서 한수는 자신이 진짜 많은 사랑을 받고 있다는 걸 알고 있었다.

그러나 그걸 실체로 직접 와닿게 느낀 적은 많지 않았다.

공항에 몰린 인파를 볼 때나 자신이 가끔 인적 많은 곳에 있을 때 사람들이 몰리는 걸 보며 인기가 많아졌다는 걸 느꼈지만 오늘만큼은 아니었다.

자신을 향해 쉴 새 없이 박수갈채를 보내며 환호성을 보내는 그들을 보며 한수가 조심스럽게 입술을 떼었다.

"감사합니다, 여러분."

그동안 최고의 날은 정말 많았다.

트레블을 했을 때도 그렇고 폴 그린그래스 감독하고 계약을 체결했을 때도 그렇고 모든 날이 최고였다.

그러나 결단코 이야기할 수 있었다.

한수 마음 속 최고의 날은 팬들과 함께 할 수 있는, 바로 오늘이었다.

한수는 영화관을 가득 메우고 있는 수많은 팬을 바라봤다.

남녀노소. 성별과 나이를 가리지 않고 수많은 팬이 모여 있었다.

그리고 그들 모두 자신만을 바라보고 있었다.

한수는 그것을 보며 가슴이 벅차오르는 감정을 받았다.

정말 특별한 느낌이었다.

한수가 팬들을 바라보며 감격에 젖은 목소리로 말했다.

"이렇게 이 자리에…… 많이 와주셔서 정말 감사합니다."

한수는 울먹거리고 있었다.

"정말…… 감사……."

영화관을 가득 메운 팬들이 그 모습에 다 같이 목소리를 높였다.

"울지 마!"

"울지 마!"

한수는 그 모습을 보며 눈물을 훔쳤다.

정말 한수에게는 절대 잊을 수 없는 그런 팬미팅이었다.

그리고 팬미팅은 두 시간 넘게 이어졌다.

한수는 한 명, 한 명 찾아온 팬들과 인사를 나누고 사인을 해주며 셀카도 같이 찍곤 했다.

몇몇 팬은 한수에게 과도한 선물 공세를 하기도 했다.

또 하나 놀라운 게 있다면 이번 한수의 팬미팅에는 유독 남성팬이 많았다는 것이었다.

그들은 자신의 차례가 되자 수줍게 가져온 유니폼을 펼쳐보였다.

그것은 맨체스터 시티의 18-19시즌 유니폼이었다.

한수가 그들을 보며 물었다.

"스토어에서 구입하신 건가 봐요?"

"아뇨. 맨체스터 더비 직관하러 갔을 때 영국 가서 산 거예요."

"정말요?"

"네! 사인 받을 순간만 간절히 기다리고 있었어요."

"좋네요. 고마워요."

한수가 웃으며 사인을 열심히 그렸다.

그때 다른 팬 한 명이 한수를 보며 물었다.

"기사 보니까 맨체스터 시티로 복귀한다는 이야기가 있던데 사실인가요?"

"……글쎄요. 확답은 드릴 수 없을 거 같아요. 근데 긍정적으로 생각하고 있어요. 워낙 저를 보고 싶어 하는 팬분들이 많다 보니까. 더 나이 먹기 전에 조금 더 축구 선수로 뛰고 싶기도 하고요."

한수 말에 그들의 표정이 급격히 밝아졌다.

아무래도 두 명 모두 맨체스터 시티 팬인 듯했다.

그것도 잠시 다음 팬도 남성팬이었는데 그가 가져온 건 붉은색 유니폼이었다.

그것은 대한민국 국가대표팀 유니폼이었다.

게다가 등에는 한수의 이름마저 마킹되어 있었다.
"평소 한수 씨를 좋아하던 축구팬입니다. 사인 좀 부탁드릴게요."
"……이건 국가대표팀 유니폼이네요."
"네, 국가대표팀 선수로 꼭 뛰어주셨으면 해서요. 안 될까요?"
"생각해 보겠습니다."
한수가 할 수 있는 대답은 그것뿐이었다.

한수는 팬들을 위해 노래를 부르고 축구공을 쉴 새 없이 트래핑하는 등 각종 개인기를 선보였다.
처음 데뷔하기 전 한창 하던 모창도 여러 차례 선보였다.
그렇게 순식간에 세 시간이 훌쩍 지나갔고 사인회까지 끝나면서 팬미팅은 성공적으로 끝이 났다.
한수는 비어버린 영화관을 보며 입가에 미소를 지었다.
오늘은 연예인이 되기로 결심한 이후 가장 뿌듯했던 순간이 아닐 수 없었다.
박 대표가 한수 곁으로 다가와서 그의 어깨를 두드렸다.
"고생했다, 한수야."
"고생은요. 대표님이야말로 고생 많으셨어요. 다들 잘 돌아간 거 맞죠?"

"응. 너도 슬슬 일어나야지."

"그래야죠."

한수도 웃으며 자리에서 몸을 일으켰다.

영화관을 빠져나와 엘리베이터로 향하며 박 대표가 말했다.

"내일부터 바쁜 거 알지?"

"예, 알고 있어요. 시사회도 연다고 들은 거 같은데요?"

"응. 홍보비용으로 꽤 많이 돈 들어갔을 거야. 그냥 기본 이상만 해줬으면 좋겠다는 게 그쪽 의견이긴 한데 일단 까봐야 알겠지. 그나마 다행인 건 할리우드 블록버스터는 최대한 피했다는 거야. 만약 할리우드 블록버스터하고 겹쳤으면 개학 직전 영화 보러 가려던 애들이 죄다 등 돌렸을 테니까."

"어차피 장르 자체가 관객 수를 많이 끌어 모으기엔 어렵잖아요."

국내에서 드라마 장르의 영화는 인기를 끌기 어렵다.

코미디가 적절하게 어우러진 영화에 입소문을 탄다면 모를까 그렇지 않으면 정말 극소수의 관객들만 극장을 찾을 수밖에 없다.

그래서일까.

대중들의 관심이 무척 높은데 비해 사람들의 의견은 대부분 부정적이었다.

실제로 인디 영화인 「원스」도 관객을 23만 명 동원하는 데 그쳤다.

그 이후 입소문을 타면서 재개봉을 하긴 했지만 당시의 파급력은 그 정도밖에 되지 않았다.

차라리 할리우드 영화라면 조금 더 나은 성적을 기대해 볼 수도 있겠지만 그런 것도 아니었고 감독도 베테랑 감독이 아닌 신인 감독이었다.

불안 요소는 이곳저곳에 가득 산재해 있었다.

"그건 그렇긴 해. 그래서 나는 네가 차라리 어중간한 영화의 주연 영화로 출연하는 것보다는 블록버스터급 영화의 조연으로 출연해서 차근차근 밟아 오르는 걸 바랐는데……."

"대표님, 어차피 할리우드 진출했는데 그게 무슨 상관이에요. 안 그래요?"

"뭐, 그건 운이 좋았던 거고. 인마, 평생 운이 따라다닐 거 같아? 그러다가 한순간에 훅 가는 연예인도 적지 않아. 너도 그거 주의해야 돼."

"알았어요. 주의할게요. 어쨌든 투자사는 관객 수로 몇 명이나 보고 있데요?"

머뭇거리던 박 대표가 조심스럽게 입을 열었다.

"일단 영화사에서는 그래도 삼백만 명 정도는 내다보고 있어."

"생각보다 꽤 많네요. 하하."

한수가 멋쩍은 얼굴로 웃었다.

"왜? 너는 몇 명이나 볼 거 같은데?"

"글쎄요. 많아봤자 이백만 명 정도 아닐까요? 워낙 이쪽 장르가 마이너라서……."

"야! 그럼 뭐하러 출연한 건데?"

"왜긴요. 제가 좋아서 출연한거죠."

"……그래. 투자사에서는 너하고 생각이 비슷한 모양이더라. 뭐, 운이 좋으면 더 몰릴 수도 있겠지만…… 후, 운이라는 게 그렇게 여러 번 중첩될 리가 있겠냐?"

박 대표 표정은 꽤 어두웠다.

할리우드 영화 계약은 폴 그린그래스 감독 이후 더는 소식이 없었다.

할리우드에서도 폴 그린그래스 감독의 신작 영화에서 한수가 어떤 모습을 보여주느냐 그리고 얼마나 인기몰이를 하느냐에 따라 추가적인 섭외가 더 들어올 것으로 예상되고 있었다.

그러나 만약 폴 그린그래스 감독의 신작 영화 성적이 저조하고 한수도 이렇다 할 화제가 되지 못한다면 한수를 주연배우로 쓰려 할 감독은 아무도 없을 터였다.

그렇게 되면 충무로에서라도 배우 생활을 해야 한다는 건데 이번 영화의 성적이 그래서 중요했다.

그것을 분명히 알고 있을 텐데도 불구하고 태평스러운 한수의 태도에 박 대표는 인상을 구길 수밖에 없었다.

하지만 딱히 뭐라고 할 수도 없는 게 한수는 영화가 한두 편 망해봤자 다시 축구 선수로 뛰면 그만이었다.

축구 선수도 어렵다면 그때는 가수로 활동할 수도 있고 아니면 예능 방송에 고정적으로 출연하는 것도 가능했다.

생각해 보면 생각할수록 한수는 진짜 이상한 놈이었다.

처음 그를 만났을 때도 잠재력이 있다고 생각했을 뿐 이 정도는 아니었다.

그러나 지금 한수를 보면 그냥 경이로울 뿐이었다.

"이제 어디 갈 거냐?"

"공항에요."

"응? 공항? 아, 두 사람 입국한다던?"

"예, 슬슬 도착할 시간이 됐어요. 그런 의미에서 김 실장님 좀 빌릴게요. 괜찮죠?"

"그래. 나는 나 혼자 알아서 돌아갈게. 아니다. 나도 같이 가자."

"대표님도요?"

박 대표가 고개를 끄덕였다.

"어. 앞으로 너 지켜줄 분들인데 직접 만나서 인사 나누는 게 나을 거 같아서."

"문제없죠. 같이 가요."

인천국제공항에는 두 사람이 캐리어를 잔뜩 가져온 채 한수를 기다리고 있었다.

다니엘과 사이먼이었다.

사이먼이 다니엘에게 투덜거리며 말했다.

"일단 네가 오자고 해서 오긴 왔는데. 괜찮을까?"

"왜? 한스 보디가드 하는 거 별로야?"

"아니. 그런 건 아니고. 가족들하고 떨어져 지내야 하는데 괜찮겠냐고."

"뭐, 내가 볼 때 빠르면 내년쯤에는 다시 영국으로 돌아가지 않을까 싶은데?"

"어?"

다니엘이 웃으며 입을 열었다.

"지금 맨체스터 시티 성적이 얼마나 안 좋냐? 그거 생각하면 당장 올해라도 만수르 왕자가 한스를 다시 데려오고 싶어 할 텐데 영화 계약 때문에 안 되니까 내년에라도 데려올 거 같아서 하는 말이야."

"흐음, 생각해 보니 그것도 그렇긴 하네. 그거까지 다 계산한 거야?"

다니엘이 고개를 저었다.

"뭐, 장기간 휴가받았다고 생각해도 좋지 않겠어?"

"……안젤라가 그 이야기 들으면 무척 서운할걸?"

안젤라는 다니엘의 아내로 다니엘은 결혼한 지 13년 차 되는 유부남이었다.

슬하에는 일곱 살배기 아들과 다섯 살 먹은 딸, 이렇게 두 명이 있었다.

평소 아이들을 끔찍하게 생각했던 다니엘이기 때문에 사이먼은 더욱더 어리둥절할 수밖에 없었다.

"괜찮아. 돈만 많이 벌어다주면 되지."

"……흐음, 진짜?"

"어쩌겠어. 그게 다 가장의 숙명인 거지."

그러나 말을 하는 내내 다니엘의 얼굴에서는 웃음이 떠나질 않고 있었다.

그렇게 두 사람이 잡담을 나누는 사이 인파를 헤치고 두 사람이 공항에 들어섰다.

강한수와 박 대표였다.

그들은 앞서 기다리고 있던 다니엘과 사이먼을 만날 수 있었다.

한수가 다니엘에게 먼저 악수를 건넸다.

"다니엘, 와줘서 고마워요."

“고맙긴. 이것도 다 계약인데. 잘 부탁해.”

“……사이먼, 당신도 고마워요.”

“내 대답도 다니엘과 똑같아. 계약은 충실히 이행할 테니까 걱정 말라고.”

“그럼 슬슬 가죠. 사람들이 점점 몰리네요.”

한수는 알아본 사람들이 계속해서 몰려들고 있었다.

“좋아. 가자고.”

그들은 곧장 게이트 바로 앞에서 대기하고 있던 밴에 올라 탔다.

다시 서울로 향하면서 박 대표가 뒤늦게 인사를 건넸다.

“두 분 다 반갑습니다. 저는 박석준이라고 한수 소속사 대표입니다. 한수 좀 잘 부탁드립니다.”

“별말씀을요. 누군가 했는데 대표님이셨군요.”

“예, 한수 덕분에 겨우겨우 소속사를 꾸려나가고 있습니다. 만약 급하게 필요로 하는 일이 있다면 언제든지 저한테 연락주시면 됩니다.”

“감사합니다, 대표님. 급한 일이 생기면 연락드리겠습니다.”

“그럼요. 이건 제 개인 명함입니다.”

통성명이 이루어진 뒤 다니엘이 물었다.

“혹시 일정표 같은 거 가지고 있어? 아니면 따로 관리하는 사람은? 이제부터 우리도 네 일정을 전부 다 알아둬야 할 거 같거든."

"그건 김 실장님이 갖고 계세요. 제 매니저이자 로드 역할도 같이 맡고 있어요. 아마 제가 촬영하는 동안에는 이분하고 주로 같이 있게 되실 거예요."

다니엘과 사이먼이 고개를 끄덕였다.

김 실장도 어색하게 웃어보였다.

그렇게 어느 정도 화기애애한 분위기 속에서 한수의 집에 거의 다 도착했을 무렵 누군가와 다급하게 통화를 하던 박 대표 얼굴이 싸늘하게 굳었다.

"진짜요? 그게 사실입니까?"

몇 번이고 다시 묻던 박 대표가 전화를 끊고 한숨을 길게 내쉬었다.

허탈해하는 박 대표를 보며 한수가 물었다.

"대표님, 무슨 일이에요?"

"휴, 한수야. 큰일이다."

"네? 왜요?"

"하, 진짜…… 이 빌어먹을 놈들."

"무슨 일인데 그래요?"

박 대표가 한숨 섞인 목소리로 말했다.

"너 영화 개봉 바로 전주에 할리우드 영화 한 편 개봉한대."

"네? 그럼 몇 주 남은 거죠?"

"이제 보름? 갑자기 상영일자 앞당기기로 했데. 그쪽도 내일부터 바로 시사회 열고 한다더라."

"무슨 영화인데요?"

"……블록버스터라고 하더라."

한수도 그 말에 눈살을 찌푸렸다.

영화의 흥행 신호에 빨간불이 들어오고 말았다.

홍행 신호에 빨간불이 들어왔다.

"상영관 확보도…… 조금 문제가 생길 수 있을 거 같다."

"예? 그건 또 왜요?"

"만약 그 할리우드 영화 성적이 좋으면 그쪽으로 더 밀어주려 할 테니까. 그러면 우리 쪽 상영관 숫자를 더 줄일 수밖에 없을 거야. 아무래도 장르가 네 말대로 썩 관객 수가 몰리지 않는 장르니까."

"……엎친 데 덮친 격이네요."

한수는 눈살을 찌푸렸다.

"투자사 반응은 어때요?"

"다들 줄담배만 물고 있는 모양이야."

"하하, 어쩌겠어요. 상황이 그렇게 됐다는데. 근데 우리보다 한 주 앞서서 개봉하기로 한 할리우드 영화는 뭐예요? 흥행할 만한 영화에요?"

박 대표가 눈살을 찌푸리며 대답했다.

"「히어로즈 워」라는 영화인데…… 중국 자본이 들어간 영화야. 일단 제작비부터 우리하고는 차원이 다르니까 스케일도 어마어마하겠지?"

"중국 자본…… 대충 어떤 영화일지 짐작이 가긴 가네요."

꽤 오래전부터 시작된 중국 자본의 할리우드 영화 시장 침식은 점점 더 두드러지고 있었다.

그러면서 몇몇은 영화와는 상관도 없는 중국 배경을 억지로 등장시킨다거나 혹은 아예 중국인이 세상을 구하는 그런 내용의 영화도 적지 않게 만들어지고 있었다.

물론 그 영화 대부분 중국 자본에서 투자를 하고 제작까지 하는 영화들로 흥행 성적은 시원치 않았으며 쪽박을 차기 일쑤였지만 유독 중국에서만 대박이 나는 경우가 잦았다.

아마 「히어로즈 워」라는 저 영화 역시 비슷한 케이스일 가능성이 농후했다.

"어쩌면…… 저 영화가 쪽박 찰 수도 있겠는데요?"

"그럴까?"

"중국 자본 들이붓고 제대로 된 영화가 몇 없잖아요. 죄다 내수용 영화였으니까요. 뭐, 그쪽이 앞서 개봉하기로 했다는데 어쩌겠어요? 스스로 고꾸라지길 기다려보는 수밖에요."

"그래. 진짜 너는 어떻게 무사태평할 수가 있냐?"

"제가 컨트롤할 수 없는 거잖아요. 기다려 봐요."

그리고 그날로부터 일주일이 지났다.

일주일 동안 한수는 다니엘 그리고 사이먼하고 부쩍 친해질 수 있었다.

다니엘은 조용하고 과묵하지만 할 말이 있을 때는 엄청 말이 많아지는 성격이었다.

반면에 사이먼은 항상 떠들썩하고 장난도 잘 치고 때로는 과한 농담도 하곤 했지만 막상 자신이 해야 할 일을 할 때는 누구보다 꼼꼼하게 맡은 일을 해내는 그런 성격이었다.

극과 극인 성격이기에 두 사람이 친구가 될 수 있던 것일지도 몰랐다.

그들은 한수를 지근거리에서 경호했고 덕분에 한수는 한결 마음을 놓을 수 있었다.

한수는 바로 첫 날, 후반 작업이 거의 다 끝나가던 날 모니터 시사를 가졌다.

윤환을 비롯해 한수의 지인들과 다른 배우들의 지인들도 초대됐다.

반응은 나쁘지 않았다.

특히 한수와 서현의 케미가 잘 살아났다는 반응이 많았다. 후반 작업이 말끔하게 진행된 덕분에 영화 개봉은 문제없이 진행될 것 같았다.

이제 영화 개봉까지 남은 시간은 2주 남짓이었다.

한편 다음 주에는 할리우드 영화 「히어로즈 워」가 개봉할 예정이었다.

그래서인지 「히어로즈 워」는 언론시사회를 꾸준히 열고 있었다.

언론사들의 반응은 의외로 호의적이었다.

충분히 영화관에서 돈을 내고 볼 만한 가치가 있다는 평가가 줄줄이 뒤를 잇고 있었다.

그것 때문에 박 대표의 표정은 먹구름이 잔뜩 낀 것처럼 우중충하기만 했다.

이번 영화의 성적은 어쨌든 간에 할리우드 진출에도 여러모로 영향을 미칠 게 분명했다.

폴 그린그래스 감독이 한수를 섭외했고 계약까지 맺었지만 할리우드는 한국과 달리 감독의 힘이 그렇게 강하지 않았다.

그렇기 때문에 폴 그린그래스 감독이 한수의 섭외를 고집해도 제작사에서 감독을 교체해 버리면 의미 없어지게 되어버리는 것이었다.

그렇다 보니 제작사와 마찰을 빚고 교체당한 감독들도 적지 않았다.

그래서 할리우드는 어느 순간 감독이 계속해서 흥행에 성공하게 되면 연출 겸 제작을 함께 맡게 되는 경우가 많았다.

실제로 할리우드에는 적지 않은 영향력을 발휘하는 프로듀서가 몇 있는데 대표적인 프로듀서로는 제리 브룩하이머가 있으며 제임스 카메론이나 조지 루카스 같은 전설적인 거장들도 영화감독이었다가 지금은 영화감독 겸 프로듀서 역할도 맡고 있었다.

물론 제작사가 쉽게 폴 그린그래스 감독을 내칠 리는 없었다.

폴 그린그래스 감독도 액션 영화의 거장일 뿐더러 이번 영화는 그가 연출 및 시나리오를 모두 맡고 있었기 때문이다.

하지만 한수의 평가가 나빠지면 나빠질수록 폴 그린그래스 감독에게 주어지는 압박도 강해질 건 분명한 사실이었다.

어쨌든 모니터 시사 이후 한수는 기술시사를 연이어 가졌다.

기술시사는 서울 시내에 있는 멀티플렉스 영화관에서 새벽녘에 이루어졌다.

최상의 화질과 음질로 확인을 하기 위함이었다.

이번 시사회 역시 나쁘지 않았다.

반응은 대부분 우호적이었다.

이 정도면 백만 명보다 더 많은 관객을 불러 모을 수 있다고 자신하는 목소리도 있었다.

영화가 끝난 뒤 서현이 한수에게 물었다.

"어때?"

"좋지. 이 정도면 그래도 백만 명은 넘길 수 있지 않을까?"

"아니, 영화 말고. 요새 너 어떠냐고."

"……왜?"

"애쉴…… 아니, 에바? 도대체 누구라고 해야 하지. 어쨌든 그러니까 상황이 되게 이상하게 꼬였던데?"

"괜찮아. 나는 별문제 없어."

"근데 왜 너한테 의도적으로 접근했던 거야? 기사만으로는 그녀가 이중간첩이라던데 왜 너한테 접근했던 건지 전혀 모르겠어."

한수의 여자친구 애쉴리가 이중간첩인 게 밝혀지고 난 뒤 한동안 그 일로 한국이 시끌벅적했다.

왜 그녀가 한수한테 의도적으로 접근한 건지 그 이유가 전혀 밝혀지지 않았기 때문이다.

그렇다고 한수가 명쾌하게 인터뷰를 한 적도 없었다.

오히려 한수의 집이 도난당했던 것과 그가 잠깐 병원에 입원했던 게 알려지면서 사람들의 의혹은 눈덩이가 불어나듯 더 커져 가기만 했었다.

서현이 한수를 빤히 바라보며 물었다.

"너는 뭔가 알고 있지 않아?"

한수가 중간에 자신이 끼어든 이유를 아예 없애 버렸기 때문에 생겨난 일이었다.

실제로 NSA에서도, 그리고 졸지에 그녀의 배후 조직이 되어 버린 IS도 왜 강한수가 이 사건에 껴 있는 건지 전혀 알지 못했다. 아무런 정보도 없었기 때문이다.

물론 NSA에서는 머지않아 이번 사건에 대한 단서를 확보할 가능성이 농후했다.

그들 손에는 이번 일에 개입한 CIA의 국장 마이클 포드와 에바 로렌, 둘 다 쥐어져 있기 때문이다.

어떻게 해서든 진실을 파헤치기 위해 두 사람을 심문할 테고, 그러다 보면 얻어지는 게 있을 터였다.

"나도 몰라. 그냥 우연히 그렇게 된 거 아닐까? 갑자기 그녀가 이중첩자로 몰린 것도 그렇고, 나한테는 일언반구도 없었다는 것도 그렇고. 나도 정확한 건 하나도 모르고 있어."

"……그래? 미안."

"아니야. 네가 미안할 게 뭐 있어. 어쨌든 너무 신경 쓰지 마. 애초에 인연이 아니었던 거겠지."

"그래. 인연이 아닌 거겠지."

서현은 아쉬운 얼굴로 먼저 자리를 벗어났다.

그녀를 빤히 보던 한수도 몸을 일으켰다.

기술시사도 완벽하게 끝났으니 이제 남은 건 언론시사회였다.

이미 몇 군데 영화관에서 언론시사회를 열기로 계획되어 있었고 몇몇 연예정보 프로그램에서도 취재하러 나온다고 약속이 되어 있는 상황이었다.

그렇게 언론시사회와 VIP시사회를 연달아 연 다음 일반 시사회를 두어 번 갖고 나서 본격적으로 주연 배우들은 대도시 위주로 무대 인사를 돌게 되어 있었다.

다음 날 언론시사회를 약속하며 한수도 영화관을 빠져나왔다.

이제 개봉까지 남은 시간은 보름 남짓.

자신의 이름을 건 첫 영화가 개봉한다는 생각에 부담 반 긴장 반이었다.

그동안 채널 마스터의 능력 덕분에 성공가도를 달려왔지만 이 영화는 자신의 능력보다는 시나리오 그리고 배우들 간의 케미, 입소문 등 성공하기 위해서는 너무나도 많은 게 복합적으로 필요했다.

그것을 놓고 생각해 보면 반드시 흥행한다고도, 그렇다고 무조건 참패한다고도 말할 수도 없는 게 사실이었다.

지금 당장 할 수 있는 건 시사회 이후 입소문을 타고 관객들이 더 많이 몰려들길 바랄 뿐이었다.

언론시사회를 성공적으로 마무리한 「히어로즈 워」는 유료 시사회를 처음 진행했다.

국내 유명한 영화 평론가들과 날카로운 리뷰로 유명한 영화 블로그의 블로거들을 모아놓고 진행한 시사회였다.

그리고 그 날 시사회가 끝난 뒤 언론과 블로그에는 혹평이 쏟아지기 시작했다.

물론 호의적인 반응도 여럿 있긴 했지만 혹평에 비하면 조족지혈 수준이었다.

대부분 중국 자본이 들어간 결과가 여실히 드러났다면서 중국 위주의 시나리오에 날이 선 평가를 내렸다.

개중 믿고 보는 평론가 중 한 명은 평점 10점 만점 중에서 1점만을 부여한 채 '안 본 눈을 돌려받고 싶다'라고 평가하며 정점을 찍었다.

그렇게 「히어로즈 워」가 급물살을 타고 좌초될 위기에 처하자 정작 싱글벙글 신이 난 사람은 박 대표였다.

만약 「히어로즈 워」가 대박을 거뒀으면 졸지에 피해를 보는 건 그와 비슷한 시기에 개봉하는, 광고홍보비(p&a)를 얼마 쓰지 못하는 군소제작사의 영화일 수밖에 없었다.

어쨌든 그 덕분에 한수의 영화를 제작한 영화사 「기억의 공간」 대표는 한숨을 돌릴 수 있었다.

시작부터 태풍을 만나서 좌초당하나 했는데 다행히 그것은 피해갔기 때문이다.

이제 남은 건 언론시사회와 VIP시사회 이후 일반시사회를 할 때 평론가들과 관객들의 반응이 좋길 바랄 뿐이었다.

그러는 사이 한수와 서현이 함께 출연한 영화 「버스커」도 언론시사회 준비를 끝마쳤다.

원래 영화 제목은 「포기 못 하는 꿈」이었지만 아무래도 영화 내용이 버스킹과 관련되어 있는 만큼 제목도 「버스커」로 변경하게 되었다.

그렇게 언론시사회가 열릴 토요일 바로 전날 한수가 이번에 황 피디하고 함께 촬영했던 예능 프로그램 「싱 앤 트립」 시즌2 첫 편이 방송을 탔다.

한수와 윤환이 황 피디를 만나 대화를 나누고 함께 상의를 한 다음 본격적으로 홍대 입구에서 두 사람이 버스킹을 준비하는 장면이 나왔다.

그 후 두 사람이 노래 연습을 하는 장면이 방송을 탔는데 시청자들한테 반응이 꽤 좋았다.

두 사람이 함께 부르는 모습을 보며 그들이 만들어내는 절묘한 앙상블이 완벽한 하모니를 만들어내고 있었다.

그리고 두 사람이 특수 분장을 한 다음 홍대입구로 함께 가는 부분에서 절묘하게 1화가 마무리됐다.

시청자들의 반응은 뜨거웠다.

그 덕분에 「버스커」에 대한 관심도 집중됐다.

영화가 아니라 한수의 음악을 들으러 가는 것도 나쁘지 않을 것 같다는 이야기가 나돌기 시작한 것이다.

그러는 사이 언론시사회가 시작됐다.

대형 언론사부터 이름도 들어보지 못한 작은 규모의 언론사들까지.

각양각색의 언론사에서 기자들이 몽땅 모여들었다.

그중 대부분은 영화사에서 끌어모은 기자들이었지만 몇몇 기자는 강한수의 연기가 거품일지 아니면 진짜배기일지 궁금해서 찾아온 경우도 있었다.

그렇게 기자들이 잔뜩 모인 자리에서 한수와 서현이 주연배우로 출연한 영화 「버스커」가 상영했다.

1시간 40분은 순식간에 지나갔다.

영화가 끝난 뒤 기자들은 좀처럼 엉덩이를 떼지 못했다.

다들 멍한 얼굴로 스크린을 바라보고 있었다.

그리고 뒤늦게 기자 한 명이 옆에 앉아 있는 기자에게 물었다.

"와, 장난 아니네? 이거 누가 작사 작곡한 거야?"

"몇몇 곡은 이지현이 작사했다고 하더라고."

"하, 노래 진짜 좋네. 김서현도 노래 꽤 부르던데?"

"근데 강한수 말이야."

한 기자가 다른 기자들을 번갈아 보며 물었다.

"연기 어땠어?"

다른 기자들이 곧장 대답했다.

CHAPTER 6

처음 영화관에 들어왔을 때만 해도 기자들은 크게 기대를 하지 않고 있었다.

강한수가 연기 잘한다고 몇몇 클립 영상들이 만들어져서 홍보 목적으로 사용되긴 했지만 그 단편적인 영상만으로는 연기 실력이 어떻다고 확인할 수 없는 게 사실이었다.

그래서 그들은 한수의 연기는 뒷전이고 충무로에서 가장 인기 많은 20대 여배우 김서현이 어떤 괴물 같은 연기를 보여줬을지, 그리고 강한수는 얼마나 노래를 잘 불렀을지 그것에 주안점을 두고 있었다.

그러나 막상 영화가 끝났을 때 기자들이 얼어붙은 건 그들의 뇌리를 꿰뚫는, 강한수의 연기를 보고 나서였다.

시종일관 강한수는 쉬지 않고 언론시사회에 초대된 기자들을 몰아붙였다.

특히 그가 아픈 딸아이를 부둥켜안고 울부짖을 때 기자들은 과연 저 남자가 그때 오디션 영상으로 흑역사를 만들었던 강한수가 맞는지 의문을 갖게 할 정도였다.

그 정도로 이 영화에서 주인공으로 나온 강한수 아니, 김형준은 완벽했다.

누가 봐도 강한수의 모습은 찾아볼 수 없었다.

"대박이지. 그냥 충무로의 샛별이 나타났다고 봐야지."

"근데 어차피 곧 할리우드 진출하잖아. 다음 달 아니었어?"

"다음 달 아니고 다다음 달. 근데 이 정도 연기력이면…… 하, 미쳤네."

"왜? 기사 제목 자극적으로 뽑을 수 있어서 난 좋을 거 같은데? 이미 데스크에 올렸잖아. 크큭."

"응? 뭐라고 했는데?"

그가 어깨를 으쓱거리며 대답했다.

"「히어로즈 워」 vs 「버스커」, 2020년 극장가를 지배하는 영화는 무엇이 될 것인가, 이걸로 했지. 어때?"

"되게 구닥다리인데?"

"……."

"어쨌든 이 정도면 「히어로즈 워」 상대로도 충분히 비빌 만한데?”

기자들의 의견은 대부분 비슷했다.

「히어로즈 워」는 할리우드 블록버스터답게 제작비도 엄청 많이 들어갔고 광고홍보비도 장난 아니었다.

반대로 「버스커」는 제작비 같은 경우 22억 원 수준에 광고 홍보비는 13억 원 정도 들었다.

그렇다 보니 「버스커」는 부가 수입, 비디오나 DVD, 해외 판권 등을 빼면 못 해도 백만 명 정도는 관객 동원을 해야 본전치기라는 의미였다.

그것도 본전치기고 여기서 어느 정도 수익을 나눠가지려면 이백만 명 정도는 동원해야 했다.

투자사에서 삼백만 명을 예상했던 것도 그런 이유 때문이었다.

그러나 그것도 장밋빛 전망이라는 게 기자들의 평가였다.

워낙 악재가 많았기 때문이다.

바로 일주일 전에 할리우드 블록버스터가 개봉하는 것, 한수의 연기력 논란이 심각하게 불거져 있던 것, 감독이 신인 감독인 것, 여기에 영화사도 소규모인 것.

이런 복합적인 요인들이 전부 다 단점으로 지적되고 있었다.

하지만 막상 영화를 본 기자들은 혹시 하는 생각이 들었다.

극적인 반전.

사람이라면 누구나 좋아할 수밖에 없는 것이다.

그것은 이 영화 「버스커」에도 고스란히 적용될 가능성이 꽤 높았다.

실제로 「히어로즈 워」가 엄청난 혹평을 받으면서 극장가에서는 벌써부터 볼 영화가 없다는 말이 속속 튀어나오고 있는 중이었다.

그 와중에 다음 달에는 설 연휴가 껴 있었다.

2020년 1월 24일 금요일부터 26일 일요일까지가 설날이었다.

「히어로즈 워」와 「버스커」, 둘 중 어떤 영화가 설연휴 대목을 차지할지는 조금 더 지켜봐야 할 일이었다.

언론사의 보도는 호평 일색이었다.

충무로의 샛별 강한수부터 20대 여배우의 끝판왕 김서현까지.

특히 배우들을 향한 칭찬이 줄을 이었다.

그렇게 만들어진 수많은 기사는 계속해서 각종 포털 사이트 및 인터넷 커뮤니티들을 가득 채우기 시작했다.

그럴수록 사람들의 반응은 점점 더 달아올랐다.

도대체 얼마나 연기를 잘했기에 저런 반응이 터져 나오는지 궁금해하고 있었다.

그리고 그다음 날 바로 무료 시사회가 열렸다.

선착순으로 모두 이백 명을 모집해서 받는 시사회였다.

게다가 이번 무료 시사회에는 한수와 서현도 함께 참석해서 같이 영화를 볼 예정이었기 때문에 사람들의 관심은 더욱더 뜨거웠다.

무료 시사회를 열기 세 시간 전에 영화사 홈페이지가 열렸고 사람들이 너도나도 할 것 없이 접속해서 무료 시사회 참가를 신청하기 시작했다.

그것 때문에 일순간 영화사 홈페이지가 마비됐다.

너무 많은 사람이 한꺼번에 몰렸기 때문이다. 그래도 이백 명 안에 든 사람들이 있었다. 그리고 세 시간 뒤 무료 시사회가 열렸다.

한수와 서현은 이미 영화관에 도착해서 가장 가운뎃줄에 앉아 있었다.

한수가 서현을 보며 물었다.

"이번 영화 성적 어떨 거 같아?"

"잘 나올 거 같아. 너는?"

"음, 나도 괜찮을 거 같은데? 사실 그 할리우드 영화가 좀 걱정이긴 했는데 생각보다 반응이 안 좋은 거 보면 문제없을 거 같기도 하고. 설 연휴가 관건인데 대박 좀 났으면 좋겠다."

"어차피 너는 할리우드 가면 되잖아."

"그래도. 나를 믿고 뽑은 장 감독님도 있고 영화사 「기억의 공간」 대표님도 그렇고. 너도 그렇고."

"응? 내가 왜?"

서현이 눈을 동그랗게 떴다.

한수가 멋쩍은 얼굴로 대답했다.

"너 필모그래피에 나하고 같이 찍은 영화가 안 좋게 남겨지는 건 보기 싫어서."

"……."

서현이 얼굴을 붉게 물들였다.

그것도 잠시 사람들이 하나둘 영화관에 입장하기 시작했다. 그들은 한수와 서현 주변으로 하나둘 접근해 왔다. 그리고 한수와 서현을 본 그들이 눈을 휘둥그레 떴다.

"……대박."

"진짜 같이 보는 거야?"

"아, 안녕하세요."

그들이 하나둘 인사를 건넸다.

그들은 영화 평론가 그리고 영화 전문 블로그의 블로거들이었다.

서른 명 정도 되는 사람들이 한수와 서현에게 다가와서 쑥스럽게 인사를 한 뒤 각자 자리에 앉기 시작했다.

여전히 한수와 서현 옆자리는 비어 있었다.

그리고 평론가들과 블로거들이 들어온 뒤 비로소 선착순으로 뽑힌 이백 명의 관객들이 영화관 안으로 차곡차곡 들어왔다.

그들도 앞서 들어온 사람들과 비슷한 반응을 보였다.

"꺄악! 언니!"

"대박."

난리도 아니었다.

차마 가까이 다가오지 못하고 멀찌감치 떨어져서 사진만 찍어대는 그들을 보며 한수도 헛웃음을 흘렸다.

그러는 동안 관객들도 하나둘 자리를 잡고 앉았다.

그전까지만 해도 텅 비어 있던 영화관이 사람들로 가득 메워졌다.

그리고 한수와 서현의 옆자리에도 행운의 주인공이 앉았다.

공교롭게도 둘 다 여자였다.

그리고 둘 다 한수의 팬이었다.

그들은 어쩔 줄 몰라 하고 있었다.

한수가 먼저 웃으며 말을 꺼냈다.

"반가워요. 영화 재미있게 보고 끝나면 친구들한테도 소개 많이 해주세요."

"저, 저, 저……."

한수 옆에 앉아 있던 소녀가 연거푸 머뭇거리다가 조심스럽게 말을 꺼냈다.

"사, 사, 사진 한 번만 찍어주실 수 이, 있어요?"

"물론이죠. 어차피 영화 끝나는 대로 짧게 팬 사인회 한번 할 거예요. 그때 해드릴게요. 곧 영화 시작할 거 같네요."

슬슬 상영회가 시작하려 하고 있었다.

광고 몇 개가 줄줄이 지나간 뒤 영화 「버스커」가 언론뿐만 아니라 대중들 앞에 선보여졌다.

막노동을 하고 있는 한수에게 포커스가 모아졌다.

"꺄아악."

비명소리가 영화관에서 터져 나왔다.

웃옷을 벗은 채 막노동 중인 한수의 상체가 클로즈업되며 구슬땀이 송글송글 맺혀 있는 식스팩이 선명하게 드러났기 때문이다.

그렇게 막노동을 한참 한 뒤 집으로 돌아와서 어린 딸에게 기타를 든 채 노래를 불러주는 한수의 모습이 고스란히 나타났다.

땀에 젖은 얼굴로 어린 딸에게 노래를 불러주는 한수의 모습은 그야말로 아름답게 빛나고 있었다.

영화가 끝났다.

영화관에서 박수갈채가 터져 나왔다.

누구나 할 것 없이 감동에 겨운 얼굴로 스크린을 바라보고 있었다.

한수는 그 모습에 머쓱한 표정을 지었다.

영화가 끝난 뒤 한수와 서현은 팬 사인회를 열었다. 그리고 두 사람은 그들에게 감사 인사를 연신 들을 수 있었다.

"영화 정말 잘 봤어요. 제가 오늘 블로그에 리뷰 제대로 써서 올릴게요."

"오빠, 연기 최고였어요. 어떻게 연기를 그렇게 잘하세요?"

"할리우드 영화도 기대할게요."

칭찬 일색이었던 팬 사인회가 끝나고 한수와 서현은 녹초가 되어버렸다.

수백 명이 넘는 사람들에게 일일이 사인을 해주고 그들과 대화를 해주는 것도 쉬운 일은 아니었다.

그만큼 감정이 소모되는 일이었다.

"고생했어."

"너도."

서현도 환하게 웃어보였다. 그리고 그녀가 한수를 보며 물었다.

"다음 주에 또 보겠네?"

"아. 그렇지? 일주일 정도 무대 인사 돌기로 했으니까."

"응. 전부 다 참석하는 거야?"

"그러려고. 영화사나 투자사도 그렇게 해주길 바라더라고. 너는?"

"음, 나도 그럴 예정이야. 아니, 그러려고. 아, 다음 주에 봐. 먼저 갈게."

서현이 황급히 자리를 떠났다.

한수가 그 모습을 보며 머리를 긁적였다.

가만히 그런 한수를 지켜보고 있던 사이먼과 다니엘이 다가왔다.

"한스, 그동안 널 따라다니면서 느낀 건데 말이야. 저 여자가 널 좋아하는 거 아니야?"

사이먼의 말에 한수가 고개를 저었다.

"……그럴 리가요. 아니에요."

"흠, 여자를 보는 눈은 내가 단 한 번도 틀린 적이 없는데?"

묵묵히 서 있던 다니엘이 멋쩍은 얼굴로 말했다.

"한스, 나도 사이먼 말에 동감이야."

"……다니엘도 그렇게 생각해요?"

"응. 호감이 있으니까 저러는 거겠지."

"하하."

한수는 어색하게 웃을 수밖에 없었다.

여전히 서현이 자신한테 호감을 가지고 있을 수도 있었다.

그러나 이미 어긋난 인연이었다.

한수가 두 사람을 보며 말했다.

"이만 돌아가죠."

"그럴까? 어디로 갈 건데?"

"매번 간다 해놓고 가질 못해서요. 부모님 뵈러 가려고요."

"한스의 부모님? 우리도?"

"그럼요. 두 분도 가셔야죠. 제 보디가드잖아요. 그러고 보니 부모님이……."

말을 하던 한수가 머뭇거렸다.

"왜? 무슨 일인데?"

사이먼이 계속해서 캐물었다.

한수가 조심스럽게 대답했다.

"어머니께서 두 분한테 저녁을 대접하고 싶다고 하셨거든요."

"오? 그래?"

"잘됐네."

사이먼도 싱글벙글해했다.

그들은 크게 오해하고 있었다.

한수의 요리 실력이 워낙 좋다 보니 자연스럽게 한수 어머니의 요리 실력 또한 뛰어날 것이라고 착각하고 있는 것이었다.

한수는 차마 두 사람에게 진실을 이야기할 자신이 없었다.

그러는 사이 세 사람을 태운 밴이 한수의 본가로 빠르게 이동하기 시작했다.

얼마 지나지 않아 한수는 오랜만에 그리운 집에 도착할 수 있었다.

세 사람이 밴에서 내리기 시작했다.

그때 사이먼이 김 실장을 보며 물었다.

"미스터 킴, 우리 한스 집에 가는데 미스터 킴도 같이 가는 거 어때요?"

"예? 제가요?"

김 실장이 크게 당황해했다.

사이먼이 한수를 보며 물었다.

"한스, 미스터 킴도 같이 가도 되지?"

"문제없죠. 김 실장님도 같이 가실래요?"

"그, 그게……."

당혹스러워하던 김 실장이 조심스러운 목소리로 물었다.

"한수야, 네가 요리하는 거지?"

"아뇨. 어머니께서 요리해 주실 거예요."

그 말에 김 실장이 머쓱하게 웃으며 말했다.

"괜찮습니다. 저는 회사에 급한 일이 있어서……."

동시에 밴은 재빠르게 그들 시야에서 사라졌다.

멈칫하던 다니엘과 사이먼은 이내 싱글벙글한 얼굴로 한수

집으로 향했다.

그러나 다니엘과 사이먼 두 사람에게는 지옥도가 펼쳐진 것이나 진배없었다.

그 날 한수는 오랜만에 만난 부모님과 도란도란 대화를 나눴다.

다니엘과 사이먼은 어색하게 한수의 부모님과 번갈아 인사를 나눴다. 연신 한수를 잘 부탁한다는 두 사람 말에 그들은 멋쩍게 웃을 수밖에 없었다.

그리고 기다리던 저녁 시간.

한수 어머님이 솜씨를 부려 차렸다고 해서 내심 기대하고 있었다.

한수를 키워낸 한수 어머니의 손맛이 담긴 한식 요리를 먹을 수 있게 되었다는 의미였으니까.

하지만 막상 요리를 맛본 그 순간 다니엘과 사이먼의 표정이 싸늘하게 식었다.

그들은 떨떠름한 얼굴로 조금 더 맛을 봤다.

그러나 생각했던 그런 맛이 아니었다.

맛이 묘했다.

맛이 없는 건 아니었다.

그렇다고 기대했던 그런 맛도 아니었다.

어중간한 맛이었다.

두 사람은 그제야 왜 김 실장이 내뺐는지 알 수 있었다.

그는 이미 알고 있었던 게 분명했다.

그래도 그들은 꾸역꾸역 저녁 식사를 비웠다.

한수 어머니가 두 사람을 보며 물었다.

"조금 더 드실래요?"

한수가 그 말을 통역해 주기도 전 두 사람은 거세게 고개를 저었다.

눈치로 한수 어머니가 무슨 말을 하려 하는지 단숨에 파악했기 때문이다.

그렇게 두 사람에겐 잊을 수 없는 저녁 식사가 끝이 났다.

오랜만에 부모님을 만난 뒤 한수는 집으로 돌아왔다.

다니엘과 사이먼은 2층에 있는 게스트룸으로 곧장 올라갔다.

이틀 동안 짧게 휴식을 취한 뒤 한수는 본격적으로 무대 인사를 다닐 예정이었다.

그리고 틈틈이 예능 프로그램 녹화를 한두 개 더 소화할 예정이었다.

보다 더 많은 관객을 극장으로 끌어들이기 위해 영화 제작사에서 한수와 서현, 두 사람에게 홍보해 주길 원했기 때문이다.

그래서 두 사람은 매주 일요일 IBC에 하는 「스피드 스타」 녹화 촬영을 할 예정이었다.

「스피드 스타」 촬영일은 매주 월요일이었기 때문에 두 사람은 「스피드 스타」 촬영을 마친 뒤 화요일부터는 본격적으로 서울에 있는 대형 멀티플렉스 관을 돌아다니면서 영화 홍보를 위한 무대 인사를 돌 예정이었다.

휴식 첫날, 한수는 두 사람과 함께 간단하게 아침을 차려 먹었다.

요리사는 한수였다.

다니엘과 사이먼, 두 사람이 한수의 고용을 받아들인 조건 중에는 시간이 허락하는 한 한수가 요리를 해준다는 것도 포함되어 있었다.

그만큼 한수가 만들어주는 요리는 미슐랭 3스타 레스토랑의 쉐프 못지않았기 때문이다.

아침부터 한수가 차려준 요리를 먹으며 사이먼이 투덜거렸다.

"한스, 너 어제 일부러 말 안 했던 거 맞지?"

"또 그 이야기야?"

어젯밤 저녁 식사 이후 택시를 타고 집으로 오는 내내 두 사람은 불평 섞인 불만을 계속해서 토로하곤 했다.

주된 논점은 역시 한수가 일부러 이야기를 안 꺼냈는지 그 점이었다.

물론 한수는 손사래를 쳤지만 누가 봐도 뻔한 일이었다.

그래도 오늘 아침은 또 훌륭했기 때문에 사이먼도 더는 투덜거릴 수 없었다.

"진짜 네가 만든 요리는 최고야. 최고."

"그건 나도 인정이야."

두 사람을 보며 한수가 물었다.

"아침 다 먹고 가볍게 운동 삼아서 농구 어때?"

"농구? 축구도 아니고 농구를 하자고?"

"응. 둘 다 농구 좀 했을 거 같은데? 아니야?"

"우리 둘 다 영국인이라고. 브라질리언만큼은 아니지만 우리도 늘 축구공을 가까이 곁에 두고 지내지."

사이먼이 눈매를 좁혔다.

브라질 사람들은 태어날 때부터 축구공을 가까이 두고 지낸다는 말이 있다.

그래서 브라질리언 중에서 유독 축구 실력이 좋은 사람이 많다.

그러나 그것도 잠시 사이먼이 팔 근육을 꿈틀거리며 말했다.

"뭐 그건 그렇지만 농구도 문제없지. 하하, 내가 SAS할 때 말이야. 분대에서 날아다녔다고. 별명이 SAS의 르브론 제임스였다니까?"

또다시 허풍을 늘어놓기 시작한 사이먼을 보던 한수가 슬쩍 다니엘을 쳐다봤다.

다니엘이 고개를 절레절레 저었다.

하여간 그가 말하는 것 중 대부분은 뻥이었다.

그렇지만 사람 자체는 충분히 믿을 만한 사람이었다.

맡은 바 일은 무조건 해내는 사람이었기 때문이다.

결국 세 사람은 아침밥을 해결한 뒤 집 바로 뒤에 있는 언덕을 오르기 시작했다.

인근에 한수가 종종 찾는 공원이 있었고 그곳에는 농구장과 테니스장, 배드민턴장 등이 마련되어 있었다.

이곳 단독주택에 거주하는 사람들만 이용할 수 있는 그런 곳이었다.

이미 공원에는 두 무리의 사람들이 모여 있었다.

그중 한 무리는 농구 골대 하나를 놓고 게임 중이었고 다른 한 무리는 배드민턴을 치고 있었다.

배드민턴을 치고 있는 건 40대 중후반의 부부 두 쌍이었고 농구 코트를 차지하고 게임하고 있는 사람들은 20대 초반의 남자들이었다.

한수는 사이먼, 다니엘과 함께 비어 있는 반대쪽 농구 코트 쪽으로 향했다.

통통-

공을 튀기며 한수가 물었다.

"일 대 일로 하고. 몇 점 내기로 할까요?"

"음, 2점이나 3점 없이 전부 다 1점으로 해서 10점 먼저 내기 하는 거 어때?"

"좋네요. 심판은 다니엘이 봐줄 수 있죠?"

"그럼. 친구도, 고용주도 상관없이 공정하게 판정을 해줄게."

그때 사이먼이 한수를 보며 물었다.

"내기는 뭘로 걸까? 내기 없이 하는 건 아쉽잖아."

"음, 사이먼은 뭘 원하는데요?"

"……다니엘, 어떤 걸로 내기를 걸까? 괜찮은 거 없어?"

"글쎄. 나는 딱히 없는데……."

곰곰이 고민하던 사이먼이 웃으며 말했다.

"아무 때나 쓸 수 있는 사흘짜리 유급휴가. 어때? 물론 휴가 경비도 전부 다 대주는 걸로."

"그 정도면 충분해요?"

"오케이. 너는?"

"흠, 그러면 저는…… 사흘이라고 했으니까 사흘 동안 사이먼이 묵언수행하는 걸로. 괜찮죠?"

"뭐라고?"

평소 말 많은 사이먼에게 한수의 제안은 최악이나 다름없었다.

그렇지만 사이먼은 충분히 가능성이 있다고 생각했다.

한수가 뭐든 잘한다고 하지만 농구만큼은 자신이 이길 가능성이 농후했다.

SAS에서 활동할 때 꾸준히 농구를 즐겼던 사이먼이다.

사실 그는 모든 구기 종목을 즐겨하곤 했었다.

그리고 동시에 게임이 시작됐다.

먼저 공을 잡은 건 사이먼이었다.

한수가 신중하게 몸을 숙인 채 사이먼 앞을 막아섰다.

사이먼이 공을 튕기면서 한수를 공략할 준비를 하기 시작했다.

그리고 사이먼이 빠른 속도로 농구공을 드리블하며 한수를 몸으로 밀어붙였다.

키는 비슷하지만 덩치는 사이먼이 더 크다.

체격에서 한수가 밀린다.

그렇게 사이먼이 힘으로 한수를 밀어붙이며 동시에 공을 링으로 던졌다.

휘이익-

매끄럽게 포물선을 그리며 농구공이 그대로 링 안을 깔끔하게 통과했다.

한수가 공을 잡은 뒤 다시 사이먼에게 건넸다.

사이먼이 손가락을 절레절레 저으며 말했다.

"한스. 너무 못하는 거 아니야? 그 정도는 막아줘야 하잖아."

한수는 그 말에 웃음을 지었다.

어차피 1점 정도는 허용할 생각이었다.

"다시 덤벼보시죠."

사이먼이 눈매를 좁혔다.

그리고 그는 다시 한번 재차 한수에게 달려들었다.

이번에도 사이먼의 패턴은 비슷했다.

다시 한번 한수를 체격에서 압도하겠다는 전략이었다.

그때였다.

재차 슈팅을 시도하려던 사이먼을 한수가 빠르게 커트해냈다.

그렇게 공을 빼앗은 뒤 한수가 싱글벙글 웃어보였다.

"너무 손쉽게 빼앗기는 거 아니에요?"

"이 자식이."

사이먼이 잔뜩 인상을 구긴 채 다시 달려들었다.

그때였다.

한수는 지금 3점 슛 라인에 서 있었다.

그리고 그가 그 상황에서 그냥 공을 던졌다.

사이먼이 코웃음을 쳤다.

깔끔한 슛 동작이 아니었다.

한수가 프로 선수라면 모를까 그렇지 않은 이상 저렇게 어거지로 던진 슛이 들어갈 리가 없었다.

그때였다.

링을 향해 달려가던 사이먼이 주춤하며 멈춰 섰다.

한수가 어거지로 던진 공이 깔끔하게 링을 통과하고 있었다.

"……F***."

그는 자신도 모르게 욕지거리를 내뱉었다.

사이먼이 당황해할 때 다니엘이 그에게 공을 건네며 말했다.

"자, 이제 일 대 일이야."

사이먼은 숨을 골랐다.

아직 승부는 멀었다.

이제 고작 일 대 일일 뿐이었다.

그는 공을 받은 다음 한수에게 재차 공을 건넸다.

그리고 사이먼이 다시 한수를 마크하기 위해 달려들려 할 때였다.

한수는 3점 슛 라인에서 재차 슛을 던졌다.

사이먼이 채 그를 막아서기도 전이었다.

'설마?'

사이먼이 당혹스러운 얼굴로 링을 바라봤다.

그러나 이번에도 마찬가지였다.

그가 던진 농구공은 링을 깔끔하게 통과해 버린 뒤였다.

"……너 뭐냐?"

사이먼이 눈살을 찌푸렸다.

믿어지지 않는 일이었다.

그가 더듬거리는 목소리로 한수에게 물었다.

"네가 무슨 커리야? 아니, 어떻게 족족 던지는 3점 슛마다 다 들어가냐고."

한수가 어깨를 으쓱거렸다.

사이먼이 말한 선수는 스테판 커리(Stephen Curry)였다.

NBA의 슈퍼스타이자 골든 스테이트 워리어스의 가드이기도 한 그는 던지는 족족 들어가는 3점 슛으로 엄청 유명한 선수였다.

NBA 최초의 만장일치로 MVP를 받기도 한 그는 케빈 듀란트와 함께 골든 스테이트 워리어스 왕조를 이룩하며 마이클 조던 이후 다시 한번 NBA에 새로운 패러다임을 만들어냈을 뿐더러 NBA의 아이콘이 되어버린 선수였다.

"에이, 젠장! 다시해!"

사이먼이 재차 한수에게 공을 던졌다.

그리고 다시 내기가 시작됐다.

음료수를 잔뜩 사들고 돌아오던 두 사람은 반대편 농구코트를 사용 중인 세 사람을 힐끗 쳐다봤다.

금발 머리의 서양인이 두 명, 그리고 동양인이 한 명 이렇게 세 명이서 농구 코트를 사용하고 있었다.

그런데 개중에서 동양인의 얼굴이 낯이 익었다.

그들이 고개를 갸웃거리며 서로를 쳐다봤다.

"맞지?"

"네. 맞는 거 같은데요?"

두 사람은 보이그룹 블루블랙의 멤버 하석진과 양훈이었다.

석진이 당황한 얼굴로 재차 한수를 쳐다봤다.

아무리 봐도 한수가 분명했다.

그가 눈에 불을 킨 채 그들에게 향했다.

"야! 강한수!"

한창 사이먼을 상대로 양민학살 중이던 한수가 낯익은 목소리에 고개를 돌렸다.

그때 사이먼이 재빠르게 한수가 들고 있던 공을 낚아챘다.

"아! 사이먼! 이거 완전 반칙이잖아요."

"다니엘! 이거 반칙이야?"

"반칙은 아니지. 이건 방심한 사람 잘못이니까."

한수가 눈매를 좁혔다.

그래도 한수가 그를 뒤따라 잡으려 했지만 사이먼은 기회를 놓치지 않고 한 골을 만회하는 데 성공했다.

하지만 스코어는 이미 8 대 2였다.

한수가 두 번만 더 넣으면 승리였다.

일단 경기를 멈춘 뒤 한수가 석진을 알아보고 손을 흔들었다.

"석진 형? 형이 여긴 어쩐 일이에요?"

"어쩐 일이긴. 우리 멤버들하고 같이 농구 중이었지. 근데 너는…… 아, 맞다. 너 여기 근처로 이사 왔다고 했지."

"형도 여기 살아요?"

"우리 이곳에서 산 지 꽤 됐는데? 뭐야, 너 그런 것도 몰랐냐?"

"제가 알 이유가 없잖아요. 그리고 양훈 씨 맞으시죠?"

"예, 기억하시네요. 양훈입니다."

함께 히어로즈 오브 레전드를 플레이했던 그 양훈이 맞았다.

잠깐 근황 이야기를 나누던 중 하석진이 한수를 보며 물었다.

"셋이서 온 거야?"

"예."

"그럼 우리 멤버들 껴서 한 게임할까?"

한수가 슬쩍 사이먼을 쳐다봤다.

사이먼이 주저없이 고개를 끄덕였다.

"콜!"

그의 입장에서는 8 대 2로 밀리던 경기를 물릴 좋은 기회였다.

한수가 그런 사이먼을 보며 찬물을 끼얹었다.

"8 대 2는 여전히 유효한 거예요."

"야!"

"이건 이거고 저건 저거죠."

어쨌든 그건 뒤로 미뤄둔 채 두 팀이 모였다.

한수 팀은 한수와 사이먼, 다니엘 이렇게 세 명이었고 블루블랙은 모두 여덟 명으로 이루어져 있었다.

즉, 두 팀을 모두 합치면 열한 명이 된다는 의미.

이렇게 되면 5대5로 팀 배틀도 가능해진다는 뜻이었다.

양훈과 하석진, 두 사람의 제안에 다른 블루블랙 멤버들이 고개를 흔쾌히 끄덕였다.

그들끼리 공을 주고받는 건 썩 재미없는 일이었다.

그리고 팀 배틀을 제안하게 된 석진과 양훈이 한수 팀에 합류했다.

한 명이 심판을 맡기로 한 뒤 2개 쿼터로, 각 쿼터마다 10분씩 경기를 뛰기로 했다.

한수가 양훈과 하석진을 쳐다보며 물었다.

"두 분은 포지션이 어떻게 되세요?"

크게 농구의 포지션은 세 가지로 분류한다.

가드, 포워드 그리고 센터다.

이들 포지션도 가드 같은 경우 포인트 가드, 슈팅 가드, 포워드는 스몰 포워드, 파워 포워드 등 다양하게 세분화되기도 한다.

짐승돌이라고 불린 양훈이 먼저 말을 꺼냈다.

"나는 센터를 볼게."

키 크고 덩치 있는 그는 센터에 딱 어울리긴 했다.

사이먼도 양훈 옆에 섰다.

"나도 센터를 서겠다."

그러면서 빅맨 두 명이 완성됐다.

"한수, 너는?"

"저는 어디든 상관없어요."

그때 다니엘이 석진을 보며 물었다.

"슈팅가드 역할 볼 수 있어요?"

석진이 문제없다는 얼굴로 고개를 끄덕였다.

슈팅 가드는 공격와 수비 양쪽에서 모두 궂은일을 도맡아서 해야 하는 까다로운 역할이다.

과거에는 중장거리 슈팅을 전문으로 소화하는 포지션이었지만 지금에 이르러서는 보조가드 역할을 수행하는 데 그치고 있었다.

하지만 공격과 수비를 모두 조율해야 하기 때문에 없어서는 안 되는 포지션이 되기도 했다.

다니엘이 어깨를 으쓱하며 말했다.

"그럼 내가 스몰포워드 역할을 맡을게."

"흠, 제가 포인트가드를 보면 될까요?"

"오케이."

그렇게 포지션이 정해졌다.

양훈과 사이먼이 빅맨으로 골밑을 지키게 되었다.

만화 「슬램덩크」를 놓고 비교해 본다면 양훈이 강백호, 사이먼이 채치수 역할을 맡게 되었다고 할 수 있었다.

그리고 하석진은 정대만, 다니엘이 송태섭 여기에 한수가 서태웅의 역할을 맡게 되었다고 봐야 했다.

즉 최고의 라인업을 구축한 셈이다.

양훈이 사이먼을 보며 말했다.

"사이먼? 잘 부탁합니다."

"좋아. 링 앞은 우리가 지키자고."

"누가 가장 위험하지?"

"저 녀석이요."

양훈이 자신보다 머리 반 개는 더 큰 덩치를 가리켰다.

짐승돌로 불리는 블루블랙 멤버 중에서 가장 덩치가 큰 사내였다.

사이먼은 자신보다 덩치가 큰 상대를 보며 눈을 휘둥그레 떴다.

키가 2미터가 넘을 것 같았다.

"키가 196㎝정도 될 거예요."

"진짜 크긴 하네."

사이먼이 고개를 절레절레 저었다.

힘에서는 밀리지 않는 자신이지만 저 녀석을 상대로는 자신감이 떨어지는 것만 같았다.

그것도 잠시 심판 역할을 맡게 된 블루블랙 멤버 한 명이 휘슬을 불었고 동시에 팀 배틀이 시작됐다.

블루블랙에서 포인트가드 역할을 맡게 된 건 김유적이었다.

팀 내 막내이기도 한 그는 중고등학교때 농구부 동아리 활동을 한 경력이 있었다. 그리고 동네에서 꽤 알아주는 포인트가드로 아이돌이 되지 않았으면 프로농구선수가 되었을지도 몰랐다.

그런 그였기 때문에 자신감이 있었다.

강한수가 비록 프리미어리거이긴 하지만 농구도 잘한다는 이야기는 전혀 들어본 적이 없기 때문이다.

적당히 가지고 놀다가 가볍게 이길 생각이었다.

그런데 갑자기 분위기가 싸해지기 시작했다.

시작하자마자 다니엘이 한수에게 공을 전달했다.

그리고 강한수는 드리블을 치며 빠른 속도로 블루블랙 팀의 코트 쪽으로 달려나갔다.

블루블랙팀의 스몰포워드가 한수를 막아서려 나섰다.

하지만 그 순간 한수가 갑자기 멈춰 섰다.

"응?"

다들 당혹스러워할 때였다.

단 두 명.

두 명은 한수가 괜히 멈춰선 게 아니라는 걸 알고 있었다.

다니엘과 사이먼이었다.

그리고 한수는 그대로 공을 골 망을 향해 던졌다.

매끄러운 폼을 그리며 3점 슛 라인보다 조금 더 먼 곳에서 던진 공이 바스켓을 향해 날아가기 시작했다.

'저게 들어간다고?'

김유적이 어처구니없는 얼굴로 한수를 바라봤다.

말도 안 되는 상황이었다.

그래 봤자 3점 슛이었다.

상황이 완전히 끝나버린 것도 아니었다.

그리고 치열한 공방전이 이어졌다.

이번에는 김유적의 차례였다.

그는 한수 팀의 센터 포지션을 맡고 있는 사이먼과 양훈을 절묘하게 뚫어내면서 레이업슛으로 2점을 만회하는 데 성공했다.

"저 친구 잘하는데?"

"저래 보여도 우리 팀 에이스거든요."

양훈이 어깨를 으쓱했다.

실점하긴 했지만 그래도 블루블랙 팀의 에이스가 멋진 레이업슛으로 만회했다는 것이 기분 좋았다.

하지만 그것도 잠시.

또다시 분위기가 싸해졌다.

이번에는 한수가 또 한 번 마법을 부렸다.

그는 아까 전보다 더 먼 거리에서 3점 슈팅을 던졌다.

깔끔하게 포물선을 그리며 떨어진 공은 그대로 골망을 건드리지도 않은 채 쏙 하고 블루블랙 팀의 링을 통과해 버렸다.

"하하, 하하하."

김유적은 마치 실성한 사람인 양 허탈한 웃음을 흘렸다.

"미, 미친."

자신도 모르게 욕이 나왔다. 아니, 누구라도 욕이 나올 수밖에 없는 상황이었다.

무슨 컴퓨터도 아니고 던지는 대로 족족 들어간다는 건 불가능한 일이었다.

NBA의 슈퍼스타이자 최고의 3점 슈터로 손꼽히는 스테판 커리도 실패할 때가 종종 있었다.

그것을 생각해 보면 지금 이 모습은 그냥 말이 안 되는 것이었다.

사기였다.

강한수가 가볍게 주먹을 쥔 채 들어 올려 보였다.

승리의 세레모니를 보며 김유적이 이를 악물었다.

하지만 김유적, 그 혼자만으로 경기를 뒤집는 건 불가능한 일이었다.

이십 분짜리 게임이 끝이 났다.

열 명 모두 잔뜩 지쳐 있었다. 경기 결과는 한수 팀의 승리였다. 가장 혁혁한 활약을 펼쳐 보인 건 역시 한수였다.

그는 3점 슛만 무려 5개를 성공시켰고 15점을 만들어냈다.

단 이십 분 뛰면서 27점을 넣는 데 성공했다.

무지막지한 활약이었고 원맨팀임을 입증하는 경기력이었다.

김유적도 좋은 모습을 보여줬다.

3점 슛을 2개 성공시켰고 2점 슛도 5개 넣으면서 16점을 넣었기 때문이다.

하지만 결과적으로 한수 팀이 승리를 거머쥐었다.

김유적이 한수에게 다가와서 말했다.

"진짜 잘하시네요."

"고마워요. 김유적 씨도 되게 잘하던데요?"

"……저 놀리시는 거 아니죠?"

"그럴 리가요. 진심입니다."

한수가 웃으며 대답했다.

한수는 틈틈이 쉬는 동안 몇몇 스포츠 채널을 즐겨봤다.

농구도 있고 테니스도 있고 골프도 있었다.

그것은 다른 사람들의 의심을 덜 사기 위해서였다.

"축구도 잘하셔서 그런가 농구도 잘하시네요."

"감사합니다. 틈틈이 혼자 연습하고 그랬거든요."

"휴, 그래도 그렇지. 진짜 한수 씨는 엄청나네요. 혹시 다른 스포츠도 할 줄 아세요?"

한수가 웃으며 대답했다.

"예, 어느 정도 수준으로는 할 수 있죠. 그렇다고 프로 선수까지는 아니고요."

"진짜 천재가 있긴 있나 보네요."

김유적 입장에서는 한수가 천재로 보일 수밖에 없었다.

그렇게 경기가 끝난 뒤 한수가 블루블랙 멤버들에게 제안을 해왔다.

한창 경기가 끝나고 두 팀 선수들 모두 배고플 시간이었다.

실제로 시간도 오전 열한 시를 살짝 넘긴 상태였다.

"어때요? 다들 배고프지 않아요?"

"네? 저는 별로 배 안 고픈데……."

김유적이 말하려다가 갑자기 호흡 곤란을 호소했다.

양훈이 김유적의 입을 단단히 틀어막은 채 그를 어디론가 끌고 가고 있었다.

김유적이 읍읍거리며 뭐라 항변하려 했으나 소용없었다.

그때 석진이 해맑게 웃으며 말했다.

“엄청 배고프지. 왜? 혹시 밥이라도 해주려고?”

“어, 방금 김유적 씨가 배 안 고프다고 한 거 같은데…….”

“아니야. 저 녀석이 지금 너한테 지고 나서 정신적 충격을 많이 받은 모양이야. 그냥 신경 꺼버려.”

“그래요? 흐음, 아닌 거 같은데…….”

“자자, 어서 가자. 저 녀석도 배 무척 고플 거야.”

“알았어요. 그럼 그렇게 해요.”

그리고 그들은 한수의 집으로 졸래졸래 향하기 시작했다.

김유적은 양훈과 함께 행렬의 맨 끝에서 함께 쫓아가는 중이었다.

김유적이 양훈을 보며 물었다.

“아이 씨, 형! 숨 막혀 죽을 뻔했잖아요.”

“이 새끼야! 너 석진 형이 하는 말 못 들었어?”

“뭐요?”

“한수 요리 실력이 어떻다고 했지? 옛날에 「자급자족 in 정글」 나왔을 때 석진 형이 그렇게 침을 발라가며 칭찬했던 거 기억 안 나?"

"아……."

그제야 김유적이 생각을 해냈다.

그가 멋쩍게 웃었다.

"아, 맞다."

"이 자식아. 근데 강한수가 웬만해서는 요리를 안 한단 말이야. 진짜 방송 아닌 이상은 요리 안 하는데 이번에 운 좋게 그 요리를 먹을 수 있게 된 건데 네가 그 기회를 차버리려고 한 거라고!"

"……미안해요. 예전에 듣고 깜빡 까먹었었어요."

"하, 기대된다. 뭘 먹을 수 있으려나."

양훈도 침을 꿀꺽 삼켰다. 그도 한수하고 같이 방송을 진행했다.

「히어로즈 오브 레전드」에서였다. 그러나 막상 요리를 먹어 본 적은 없었다.

어차피 이벤트 매치였기 때문에 친해질 새도 없었다. 그렇다 보니 오늘 유독 기분이 좋을 수밖에 없었다.

석진 혼자 그렇게 칭찬하던 요리를 오늘 드디어 먹을 수 있게 된 것이었으니까.

한편 석진도 싱글벙글해하고 있었다.

석진이 싱글벙글해하는 이유는 다른 게 아니었다.

「자급자족 in 정글」을 촬영할 때는 한정된 자원으로 맛을 끌어올려야 했다. 그렇다 보니 맛은 있지만 가끔 그 양이 부족할 때도 적지 않았다. 아무래도 재료가 부족하다 보니 한 사람에게 돌아갈 양은 부족했기 때문이다.

그러나 들리는 소문에 의하면 한수의 집에는 냉장고가 여러 대 있을 뿐만 아니라 세계 각국에서 공수해 온 재료들로 가득하다는 이야기가 있었다.

그것을 생각해 보면 오늘 오찬은 충분히 기대해 볼 만했다.

사이먼과 다니엘은 한수와 발을 맞춰서 걷고 있었다.

사이먼이 한수를 보며 넌지시 물었다.

“한스, 오늘 점심은 뭘 해먹을 거냐?”

“사이먼. 아직 우리 승부 안 끝난 거 알죠? 8 대 2에서 다시 할 거예요.”

“됐거든. 내가 농구를 뭐하러 해? 내가 안 한다고 하면 그만이지.”

한수가 그 말에 눈매를 좁혔다.

“진짜 그럴 거예요?”

“너라면 할 거야?”

"……음, 당연히 안 하겠죠."

그 모습에 다니엘이 키득키득 웃었다. 한수가 한숨을 내쉬었다.

"오늘은……."

사이먼이 눈을 초롱초롱 빛냈다.

한국으로 와서 한수의 경호를 맡게 된 뒤 그가 가장 좋아하게 된 시간은 식사 시간이었다.

하루 세 번 있는 특별한 기회.

가끔 한수가 바쁘면 먹지 못할 때도 있지만 그 날만큼 기다려지는 날이 따로 없었다.

그렇게 사이먼이 기대에 벅찬 눈으로 한수를 바라볼 때였다.

한수가 씨익 웃으며 말했다.

"영국 요리 어때요?"

"f***!"

사이먼이 괴성을 내질렀다.

사이먼이 괴성을 내질렀다.

그 소리에 뒤따라오던 사람들이 기겁했다.

사이먼이 한수를 향해 뭐라고 소리치기 시작했다.

이 중 가장 영어를 잘하는 석진이 자신이 들은 이야기를 해석했다.

"에, 그러니까…… 사이먼이 말이야. 화를 내는 게 한스가 영국…… 잠깐만. 내가 잘못 들은 거 아닌데……."

석진이 얼굴을 잔뜩 구겼다.

아무래도 자신이 들은 게 가짜가 아닌 듯했다.

그가 인상을 구기며 말했다.

"영국 요리를 먹자고 했다는데?"

"……여, 영국 요리는."

"응."

그들 모두 인터넷에 능한 세대다.

당연히 이런저런 웹사이트들을 둘러본다.

그리고 그들도 영국 요리가 얼마나 개판인지 알고 있다.

정어리튀김이라던가 온갖 괴랄망측한 요리는 전부 영국에서 유래한 요리다.

물론 맛이 있는 영국 요리도 있겠지만 그건 정말 극소수다.

그들 여덟 명은 서로를 보며 숙덕이기 시작했다.

"진짜 영국 요리 만들면……."

"에이, 농담이겠지. 저 사이먼 놀리느냐고 그러는 거 아니야?"

"그, 그런 거면 좋겠지만……."

머릿속이 복잡해졌다.

하지만 여기까지 와서 돌아갈 수도 없는 노릇이었다.

결국 그들은 한수의 집에 도착했다.

한수의 집은 이곳 여럿 단독주택 중에서도 가장 넓었다. 게다가 셋이서 생활하고 있다 보니 블루블랙 멤버들에 비해서는 공간이 한결 더 넓을 수밖에 없었다.

블루블랙 멤버들은 이보다 더 좁은 곳을 여덟 명이서 쓰고 있었기 때문이다.

물론 그렇다고 해도 중소기획사 아이돌들에 비할 바는 아니었다.

아직 데뷔 못한 아이돌 같은 경우 반지하 또는 그보다 더 안 좋고 열악한 환경에 처해 있는 경우도 적지 않았으니까.

블루블랙은 그래도 꽤 홍한 그룹이기 때문에 이 정도 지원이 나온 것이다.

물론 소속사가 대형 소속사인 것도 적지 않은 영향을 미치긴 했지만.

블루블랙 멤버들은 신발을 벗고 안으로 들어온 뒤 조심스럽게 집 안으로 들어왔다.

그러는 동안 블루블랙의 멤버 하석진은 매니저와 통화 중인 듯 아직 들어오지 못하고 있었다.

한수는 본격적으로 요리를 준비하기 위해 거실로 향했다.

그때 그래도 이 중에서는 한수하고 안면이 있는 양훈이 한수에게 다가와서 조심스럽게 물었다.

"혹시 집 구경 좀 해도 될까요?"

"아, 문제없어요. 구경하셔도 돼요. 단 건들지는 말아주세요."

예전이었으면 쉽게 허락하지 못했을 것이다.

서재에 있는 텔레비전 때문이다.

하지만 텔레비전이 도난당한 뒤 한수는 한결 마음의 부담을 덜 수 있게 되었다.

예전 같았으면 누군가 텔레비전을 훔쳐가지 않을지 혹은 누군가 텔레비전을 망가뜨리면 어떻게 하나 등 이런 생각으로 걱정을 많이 했을 텐데 지금 와서는 더는 그런 걱정을 하지 않아도 된다는 것 하나만으로도 부담이 덜했다.

한수의 허락 하에 블루블랙 멤버들은 하석진까지 합류한 뒤 본격적으로 한수의 집을 구경하기 시작했다.

그들이 제일 먼저 향한 곳은 서재였다.

예전이었으면 신경이 곤두섰거나 혹은 아예 자물쇠로 걸어 잠갔겠지만 지금은 아니었다.

누구나 출입할 수 있게끔 자유롭게 열어두고 있었다.

블루블랙 멤버들은 서재부터 둘러봤다.

서재는 평범했다.

컴퓨터하고 모니터가 놓여 있었고 그 옆에는 수천 권의 책들이 책장을 가득 메우고 있었다.

"서재는 평범하네."

"그래도 혼자 사는 건 부럽다. 우리는 이곳도 다 옷장으로 써야 하잖아."

"그건 그렇지."

여덟 명이 한데 모여 사는 불편함은 이루 헤아릴 수 없을 정도다.

화장실이 두 개 있지만 여덟 명이 나눠쓰려면 못해도 한 시간은 필요하다.

남자 여덟 명이 이 정도면 걸그룹은 어느 정도일지 상상이 안 갈 정도다.

어쨌든 그들은 서재를 뒤로 한 채 이번에는 큰방으로 향했다.

이곳은 한수의 침실이었다.

킹사이즈의 푹신푹신한 침대 하나와 미니멀리즘을 궁극으로 추구한 듯 절제된 가구 몇 개만이 놓여 있었다.

"와, 결벽증이 있는 건가?"

"그러게. 진짜 먼지 한 톨 없네."

예전부터 한수가 결벽증이었던 건 아니다.

오히려 그는 치울 건 치우되 대충 번잡스럽게 어지럽혀둘 때도 종종 있었다.

그러나 채널 마스터의 능력을 얻은 뒤 성격도 조금씩 바뀌더니 요즘 들어서는 지저분한 걸 가만히 두고 보질 못하고 있었다.

그러면서 한수는 모든 방 안을 병적일 만큼 깔끔하게 치워

두곤 했다.

그들은 침실을 둘러본 뒤 이번에는 작은방으로 향했다.

그리고 그들은 작은방에 도착한 순간 탄성을 내질렀다.

갑자기 터져 나온 남자들의 환호성 소리에 다니엘과 사이먼이 빙긋 미소를 지었다.

그들도 지금 무슨 상황이 터진 건지 익히 짐작이 갔다.

한수의 작은방.

아마 그곳을 본 게 틀림없었다.

“저럴 수 있지.”

사이먼이 호탕하게 웃음을 터뜨렸다.

“하하, 나도 그랬으니까.”

그도 그럴 것이 한수의 작은방에는 각종 트로피와 유니폼들이 장식되어 있었다.

한수가 특별히 주문제작해서 맞춰둔 장식장에는 몇몇 선수의 유니폼이 장식되어 있었다.

맨체스터 시티의 감독 펩 과르디올라.

레알 마드리드의 레전드이자 감독인 지네딘 지단.

바르셀로나의 레전드 리오넬 메시.

레알 마드리드의 레전드 크리스티아누 호날두.

그밖에도 정말 많은 유니폼이 이곳에 보관되어 있었다.

게다가 그 유니폼들은 투명비닐로 된 망에 담겨진 채 행거에 가지런히 걸려 있었다.

그들은 유니폼 하나하나를 둘러보며 눈을 빛냈다.

"와, 이거 마르셀루 유니폼이야."

"이건 케빈 데 브라위너껀데?"

"……네이마르도 있네."

그들 모두 혀를 내둘렀다.

정말 진귀한 유니폼들이 한가득하였다.

한편 반대쪽 장식장에는 한수가 뛰면서 수집했던 트로피들이 전시되어 있었다.

개중에는 프리미어리그 최고의 선수상이나 맨체스터 시티 최고의 선수상 등이 놓여 있었다.

그것들을 보며 블루블랙 멤버들은 새삼 한수가 진짜 맨체스터 시티에서 뛰었다는 걸 실감할 수 있었다.

"와…… 대박."

"이래서 도둑이 든 거였나?"

그들 모두 고개를 절레절레 저었다.

얼마 전 도둑이 들었다는 이야기는 들었다.

실제로 이곳 보안업체 팀장이 그것 때문에 옷을 벗었다는 말도 있었다.

그들은 유니폼들을 하나하나 둘러보다가 작은방을 나왔다.

계속 머물렀다가는 자신들이 좋아하던, 혹은 좋아했던 선수들의 유니폼을 들고 나올지도 모른다는 생각이 들었기 때문이다.

2층은 게스트룸이었기 때문에 딱히 올라갈 필요는 없었다.

그들은 이어서 옷장으로 향했다.

그곳에는 각종 명품 브랜드의 옷들이 가득했다.

"휴, 그만 가자."

"응. 진짜 얼마나 많이 번 걸까?"

"지금도 돈이 계속 들어온다고 들은 거 같은데……."

한수의 수입은 막대한 편이었다.

축구 선수로 뛰면서 각종 회사에서 스폰서를 받은 데다가 광고도 여럿 찍었다.

연봉을 빼고 그 외에 부가적으로 벌어들인 수익이 더 많을 정도였다.

그러는 동안 한수는 척척 요리를 만들어내고 있었다.

영국식 요리가 메인이긴 했다.

하지만 영국 요리만 만든 건 아니었다.

영국 요리뿐만 아니라 유럽 각국 요리도 다양하게 만들고 있었다.

그렇게 많은 요리들이 차곡차곡 식탁에 쌓였다.

그런데 다 합쳐서 열한 명이나 되는 대인원인 까닭에 그들은 남는 의자를 가져와야 했다.

그리고 본격적인 식사 시간이 되었다.

「자급자족 in 정글」에서 한수의 요리를 먹어본 적 있는 석진도, 아직 먹어보지 못한 블루블랙의 다른 멤버들도 다들 맛있게 한수가 만든 요리를 맛보기 시작했다.

그리고 그들은 이내 입 안을 가득 메우는 그 엄청난 맛의 폭풍에 정신을 차릴 수 없었다.

최고의 맛, 그 자체였다.

그제야 그들은 안도하는 한편 한수의 집에 온 걸 더는 후회하지 않을 수 있었다.

이틀 동안 푹 쉰 뒤 한수는 월요일 새벽 일찍 잠에서 깨어야 했다.

오늘은 촬영이 있는 날이었다.

촬영을 하기 위해서 새벽 일찍부터 미용실을 찾아야 했다.

이번에 출연하기로 한 프로그램은 IBC의 간판 프로그램 중 하나인 「스피드 스타」였다.

토요일 저녁의 간판 프로그램이 「자급자족 in 정글」이라면 일요일 저녁의 간판 프로그램은 「스피드 스타」라고 할 수 있었다.

그렇게 미용실에 도착했을 때 한수는 뜻밖의 얼굴을 마주

할 수 있었다.

그녀는 서현이었다.

한수가 서현을 보며 반가운 얼굴로 인사를 건넸다.

"너도 여기 다녀?"

"원래는 다른 곳 다녔는데 그곳이 오늘 안 열어서."

"아, 그래?"

한수는 고개를 끄덕였다. 그리고 그도 옆자리에 앉았다.

서현이 한수를 보며 물었다.

"이 예능 프로그램은 어떻게 해야 돼?"

아무래도 한수에 비해 서현은 상대적으로 예능에 출연한 경험이 적었다.

지난번 「쉐프의 비법」에 한번 출연하긴 했지만 그 전후로 예능 프로그램에 출연한 적은 사실상 없다시피 할 정도로 드문 편이었다.

그렇다 보니 상대적으로 예능 프로그램에는 더 많이 출연한 한수에게 조언을 구한 것이었다.

"죽어라 뛰는 프로그램 아니었어?"

"잘 못 뛰는데 걱정이네."

"정 힘들면 나하고 같이 다니면 되지."

"……어?"

한수가 멋쩍은 얼굴로 말했다.

"아, 그냥 그래도 된다고. 그래도 게스트니까 적당히 봐주면서 찍을 거야."

"그러려나?"

"응. 그리고 너는 여배우니까 다들 반기지 않을까?"

"지혜 언니가 걱정 말고 오라고 하긴 했는데……."

"별문제 없을 거야."

한수가 서현을 다독였다.

그러는 동안 두 사람 모두 머리를 손질하고 피부를 꾸몄다. 아무래도 서현이 한수보다 빨리 왔는데도 불구하고 보다 더 시간이 많이 걸릴 수밖에 없었다.

결국 한수가 먼저 촬영장으로 출발했다.

사이먼이 그런 한수를 보며 미소를 지었다.

"저 여자하고 유독 자주 만나는 거 같은데?"

"같이 영화를 찍었으니 그럴 수밖에 없지 않을까요?"

"흐음, 그런 이유만 있으려나?"

"그럼 다른 이유가 있을까 봐요?"

"뭐, 그럴 수도. 아닐 수도."

사이먼은 어깨를 으쓱해 보였다.

그러는 사이 한수와 사이먼, 다니엘을 태운 밴이 오늘 촬영이 있는 송도에 도착했다.

오늘 「스피드 스타」 촬영은 송도에 있는 스퀘어원에서 진행될 예정이었다.

한수가 도착하자마자 조연출이 밴으로 다가왔다.

그리고 그는 조연출에게 간단히 설명을 듣고 출연자들이 모여 있는 대기실로 향할 수 있었다.

그러다가 사인을 부탁하는 조연출한테 사인도 한 장 해줘야 했다.

촬영장 대기실에서 한수는 「스피드 스타」의 메인MC인 유재혁을 비롯해서 여럿 MC들을 만날 수 있었다.

그들 모두 한수를 보며 반가움을 잔뜩 드러냈다.

그때였다.

송지혜가 한수를 보며 물었다.

"아까 서현이 보고 왔죠?"

"예? 어? 어떻게 아세요?"

"서현이하고 통화하다가 알게 됐어요."

"아……."

"그건 그렇고 서현이 몰래카메라 할 건데 도와줄 수 있어요?"

한수는 그 말에 아까 전 서현이 했던 말이 떠올랐다.

송지혜 언니가 걱정 말고 오라고 했다던데 정작 그녀가 서현을 물 먹일 준비를 하고 있었다.

한수가 물었다.

"……어떻게 몰래카메라를 하시려고요?"

그러나 한수의 얼굴에도 다른 「스피드 스타」 멤버들처럼 슬며시 미소가 피어올라 있었다.

몰래카메라를 할 내용은 간단했다.

오늘 촬영 내용 중에는 퀴즈쇼가 포함되어 있었다.

「스피드 스타」 멤버들을 포함해서 오늘 게스트로 나올 한수와 서현까지 다 합쳐서 모두 아홉 명이 퀴즈를 풀기로 되어 있었다.

팀 미션이었는데 문제를 내는 건 게스트로 나오는 한수와 서현이었고, 문제를 맞히는 건 「스피드 스타」 멤버들이었다.

그들이 몰래카메라를 짜기로 한 건 퀴즈쇼에서 문제를 낼 때 서현이 열심히 설명을 해도 정답을 알아맞히지 못하는 것이었다.

한수 같은 경우 백이면 백, 완벽하게 맞추지만 서현은 정말 열심히 설명을 해도 멤버들이 맞추지 못하게 되고 그러면서 한수와 비교당하며 서현만 「스피드 스타」 멤버들한테 욕을 먹는 식으로 몰래카메라를 짤 생각이었다.

한수는 특별히 문제 될 게 없었다. 일단 그는 문제를 알기 쉽게 설명하기만 하면 그만이었다.

제작진도 몰래카메라에 동참할 준비를 했다.

그들은 「스피드 스타」 멤버들한테 한수와 서현이 각각 낼 문제와 정답을 미리 알려주기 시작했다.

한수에게도 문제와 정답을 알려주려 했지만 한수가 어떤 식으로 설명하는지 날 것 그대로 보여주고 싶다는 의견이 압도적이었다.

그렇게 제작진이 「스피드 스타」 멤버들한테 문제와 정답을 알려주는 사이 낯익은 밴 한 대가 촬영장에 재차 도착했다.

서현이 그녀를 위해 준비된 몰래카메라 무대에 도착한 것이었다.

"언니!"

"서현아! 너 엄청 예쁘게 꾸미고 왔다?"

"고마워요, 언니. 오늘 잘 좀 부탁드려요."

서현 말에 송지혜가 움찔거렸다.

그녀는 오늘 멤버들과 함께 힘을 모아 서현의 몰래카메라를 찍을 예정이었다.

그런데 서현이 저렇게 말하고 있으니 그녀 입장에서는 마음속 양심이 쿡쿡 찔릴 수밖에 없었다.

하지만 송지혜도 배우였다.

그녀가 환하게 웃으며 말했다.

"나만 믿어."

서현은 가장 친한 언니인 송지혜와 이야기를 나눈 뒤 다른 멤버들과도 인사를 나눴다. 그리고 스태프들에게도 일일이 인사를 돌렸다.

그와 함께 바로 촬영이 시작됐다.

오늘 촬영이 이루어진 곳은 송도에 있는 스퀘어원이었다.

동춘역 인근에 있는 대형 쇼핑몰로 종종 연예인들의 팬 사인회나 공연도 열리는 곳이었다.

새벽부터 모인 그들은 이곳에서 오전 열 시까지 촬영을 한 다음 송도의 NC CUBE와 트라이볼 등에서 마저 촬영을 이어 갈 예정이었다.

초대형 쇼핑몰이지만 아직 오픈 전이어서 텅 빈 쇼핑몰은 어쩐지 음산한 분위기도 풍기고 있었다.

멤버들을 비롯해 게스트까지 모두 모인 시간은 오전 7시.

「스피드 스타」 멤버들은 촬영이 시작되고 자신들끼리 자연스럽게 잡담을 나누기 시작했다.

다들 「스피드 스타」를 몇 년째 함께 해온 만큼 능수능란하게 자신들끼리 대본 없이도 일상 이야기를 하며 분위기를 한껏 끌어올리고 있었다.

그때 「스피드 스타」의 메인MC라고 할 수 있는 유태호가 멤버들을 돌아보며 말했다.

"자자, 피디님. 오늘 게스트는 없이 이대로 가나요?"

"오랜만에 게스트 없이 우리끼리 방송하고 싶은데……."

한수와 서현이 촬영장 한쪽에서 대기 중인 걸 알고 있는데도 불구하고 이석준이 딴지를 걸었다.

"그럴까? 오늘 간만에 우리끼리 추격전 같은 거 한번 해봐?"

그때 메인 피디가 다급히 말했다.

"저 죄송한데 오늘 특급 게스트 두 분을 모셨어요!"

김태군이 눈매를 좁혔다.

그가 투덜거리며 말했다. 그의 팔 근육이 볼록볼록거렸다.

"아니, 피디님. 매번 특급, 특급 이러시는데 진짜 우리도 세계적인 스타 한 번 모셔야 하는 거 아니에요? 다른 프로그램 보니까 할리우드 배우에 세계적인 스포츠 선수도 나오던데. 아니면 오늘 박유성 선수가 또 나오시나요?"

메인 피디가 너털웃음을 흘렸다.

그가 웃으며 입을 열었다.

"그보다 더 대단한 분을 모셨습니다."

"……믿어도 되는 거예요?"

제작진에 대한 불신이 극에 달해 있는 듯 이석준이 눈매를 좁혔다.

그러자 메인 피디가 고개를 절레절레 저었다.

"아무래도 다들 저는 못 믿으시는 거 같으니까 빨리 모셔보는 수밖에 없겠네요. 두 분 나와 주세요!"

그리고 쇼핑몰 한쪽에서 대기 중이던 두 사람이 안으로 들어오기 시작했다.

동시에 「스피드 스타」 멤버들이 탄성을 내질렀다.

"와, 대박!"

"잠깐만. 강한수 맞지?"

"형! 강한수예요!"

"대박. 어떻게 강한수를 섭외했지?"

그들 모두 눈을 휘둥그레 떴다.

강한수는 차원을 달리하는 슈퍼스타였다.

그를 섭외하고자 하는 예능 프로그램이 한둘이 아니었다.

그런데도 그가 「스피드 스타」에 출연했으니 그들 입장에서는 뿌듯하기 이를 데 없었다.

"진짜 피디님 존경스럽습니다."

"내가 작년에 드림컵 보면서 얼마나 부러웠는데……. 하아, 나도 그 무대에서 뛰고 싶었거든."

"아, 드림컵."

작년 잠실 올림픽주경기장에서 열렸던 드림컵.

그 드림컵은 세계인들의 관심을 끌기에 충분했다.

트레블을 기록한 맨체스터 시티와 슈퍼스타들로 이루어진 초호화군단 올스타 간의 대결로 이루어진 드림컵은 경기가 끝난 뒤에도 여러 차례 회자되곤 했다.

전설의 크리스티아누 호날두, 즐라탄 이브라히모비치 그리고 리오넬 메시.

이 라인을 볼 수 있었기 때문이다.

「스피드 스타」 멤버들이 한수를 격하게 반겼다.

졸지에 서현은 조금 소외되고 말았다. 그 대신 송지혜가 그런 서현을 알뜰살뜰하게 챙겼다.

이것도 사전에 다 계획된 것이었다.

서현은 내심 서운해하면서도 환하게 웃었다. 그 정도로 한수는 슈퍼스타였다.

이들도 국내에서 내로라하는 연예인들이지만 그런 연예인들마저 연예인 위의 연예인으로 생각하게 되는 게 바로 강한수였다.

유태호가 웃으며 한수에게 반갑게 인사를 건넸다.

"강한수 씨, 실물로 뵙는 건 오늘이 처음이네요."

"아, 그러네요."

"원래 재작년 연말에 뵐 뻔했는데 그때는 강한수 씨가 바빠서 못 봤었죠."

한수가 멋쩍게 웃었다.

재작년 연말 한수는 IBC로 초대를 받은 적이 있었다.

예능 프로그램 신인상 후보자에 올랐기 때문이다.

그때 한수는 「자급자족 in 정글」에 출연하면서 맹활약 중이었고 IBC에서 신인상을 수상할 수 있는 후보로 유력시되고 있었다.

「자급자족 in 정글」을 빼면 나머지 프로그램은 전부 다 케이블에서 하는 것이기 때문에 수상할 일이 없었지만 「자급자족 in 정글」은 지상파인 IBC에서 방영된 것이기 때문에 수상 가능성이 있었기 때문이다.

그러나 그 당시 한수는 한창 「하루 세끼」를 촬영하느라 바빴고 섬에 가 있어야 하는 까닭에 이렇다 할 시간을 낼 수 없었다.

결국 한수는 시상식에 참가하는 걸 고사했고 그에게 주어질 뻔했던 신인상은 다른 사람이 받게 됐다.

유태호가 이야기한 건 바로 그 날이었다.

그 날 유태호는 IBC에서 대상을 수상했기 때문이다.

"그러네요. 그 날 「하루 세끼」 찍는다고 워낙 바빠서……."

"아, 「하루 세끼」 이야기가 나와서 그런데 한수 씨가 그렇게 요리를 잘한다면서요?"

"뭐, 아주 잘하는 건 아니고요. 어느 정도는 할 줄 알죠."

"그래요? 한수 씨 요리 먹는 사람마다 칭찬이 자자하던데……."

한수가 웃으며 말했다.

"감사합니다. 아, 그리고 말 편히 하셔도 돼요. 저보다 선배님이신데 계속 존대해 주시니까 오히려 부담스럽네요."
그러자 유태호가 돌변한 태도로 말했다.
"정말? 그럴까?"
"아! 형! 그러지 좀 마요! 우리 한수 님한테 이게 뭐하는 짓이에요!"
그러자 하형진이 유태호를 뜯어말리기 시작했다.
"뭐? 한수 씨가 먼저 말 놓으라고 한 건데 그게 왜?"
"그러다가 형 한수 씨 팬클럽에 매장당해요! 감히 우리 슈퍼스타님한테……."
깐족거리는 하형진과 그것을 유태호가 맞받아치는 사이 송지혜가 개입하고 나섰다.
"저기요. 우리 서현이도 같이 나왔거든요? 평소에 여배우하면 그렇게 눈이 빠지게 달려들던 분들이 너무한 거 아니에요?"
그 말에 유태호가 머쓱한 얼굴로 입을 열었다.
"아, 그게 아니라…… 한수 씨가 나왔으니까 그런 거지."
다른 멤버들도 어색하게 웃었다.
평소 여배우들이 나왔다 하면 난리법석이던 멤버들이 정작 여배우는 나 몰라라 하고 한수에게만 관심을 기울이고 있었기 때문이다.
서현이 손사래를 쳤다.
"아니에요. 저는 괜찮아요. 신경 안 쓰셔도 돼요."

"자, 이제 우리 서현이를 한 번 모셔오겠습니다."

"아! 형! 또 무슨 우리 서현이에요? 서현이 알아요?"

"너는? 너는 알아? 나는 곧 친해지면 돼!"

하형진이 인상을 구겼다.

"이거 봐! 이거 봐! 한수는 그새 뒷전이죠?"

"너 왜 한수 님한테 말 놓냐? 한수 님이라고 빨리 말 못해?"

"한수가 저보고도 말 놓아도 된다고 했거든요!"

"한수야, 진짜야?"

한수가 머쓱한 얼굴로 고개를 끄덕였다.

아까 녹화 전 멤버들과 대화를 나눌 때 서로 편하게 말을 놓기로 했었다.

그 일을 꺼내놓은 것이다.

하형진이 어깨를 으쓱했다.

그러나 유태호는 여전히 깐족거리며 말했다.

"한수 표정 봐. 딱 봐도 부담스럽다잖아. 어후."

"뭐요! 뭐라고욧!"

티격태격 둘이 다투기 시작했다.

이것은 「스피드 스타」 멤버들에게는 일상이나 다름없는 일이었다.

어찌어찌 서현까지 소개를 끝낸 뒤 유태호가 두 사람이 함께 출연하기로 한 영화 홍보를 적당히 해줬다.

그러면서 한수에게 물었다.

"한수 씨가 영화 「버스커」에 나와서 노래 부르는 거 보고 그 노래에 푹 빠졌는데, 우리 프로그램에서도 노래 한 곡 해주실 수 있겠죠?"

"아, 그야 물론이죠."

"게다가 다른 프로그램에서 보니까 모창도 엄청 잘하시던데 모창도 가능하죠?"

"……어, 예. 가능합니다."

"음, 무슨 노래를 신청할까?"

"이 노래는 어때요?"

하형진이 슬쩍 김태균을 쳐다봤다가 웃음을 실실 흘렸다.

그가 말하려 한 건 터보의 노래였다.

하지만 김태균이 주먹을 꽉 쥐자 하형진이 깨갱거리며 뒤로 물러났다.

유태호도 고개를 저었다.

잔잔한 기타 연주와 어울리는 발라드가 훨씬 더 나을 터였다.

조연출이 기타를 준비하는 동안 한수가 목소리를 가다듬었다.

그리고 조연출이 건넨 기타를 받아든 다음 한수가 연주를 시작했다.

동시에 그가 노래를 이어나갔다.

사진을 보다가 한쪽을 찢었어.

그 순간 그들 모두 눈을 휘둥그레 떴다.

한수가 선곡한 노래는 바이브의 「사진을 보다가」였다.

강민수 리즈 시절의 애절함이 묻어나오는 그 창법에 다들 가만히 노래에 푹 빠져들었다.

그것은 송지혜나 서현도 마찬가지였다.

그들뿐만 아니라 방송을 준비 중이던 스태프들도 눈을 동그랗게 뜬 채 한수의 무대를 바라보고 있었다.

아무도 없는, 「스피드 스타」 제작진들과 출연진들만 있는 스퀘어원.

이곳에서 한수가 만들어내는 무대는 눈 부신 빛을 발하고 있었다.

그리고 노래가 끝났을 때 다들 박수갈채를 보냈다.

"와, 대박. 저 지금 바이브 콘서트에 온 줄 알았잖아요."

"나도 나도."

방금 전 한수는 완벽하게 강민수의 창법을 똑같이 소화해내는 위엄을 보였다.

실제로 한수의 노래가 끝난 뒤 다들 바이브의 콘서트에 온 것 같다는 생각을 떠올렸을 정도였으니까.

한수가 환하게 웃었다.

"나쁘지 않죠?"

"이 정도면 완전 대박인데? 와, 진짜 소문으로만 듣던 게 죄다 사실이었구나."

유태호는 엄지손가락을 척 하고 치켜들었다.

다른 사람들도 죄다 감탄을 토해내기 일쑤였다.

그렇게 게스트 두 명을 소개한 뒤 그들은 곧장 미션을 진행하기 시작했다.

게스트 한 명에 멤버들이 반반씩 붙은 다음 세 가지 미션을 진행해서 가장 빠르게 끝내는 팀이 승리하는 것이었다.

이석준이 깍두기로 서현 팀에 배정된 다음 그들은 곧장 첫 번째 미션 장소로 향했다.

이곳에서 그들은 퀴즈쇼를 진행해야 했다.

또한, 서현을 위한 몰래카메라가 바로 이곳에 준비되어 있었다.

한수와 한 팀이 된 건 유태호, 이현수, 하형진 이렇게 세 명이었다. 그리고 셋 다 깐족거리기로는 누가 1인자인지 가릴 수 없는 인재들이기도 했다.

그들 모두 스퀘어원 3층 매장 앞에 모였다.

퀴즈쇼 진행자로 나선 FD가 두 팀을 보며 말했다.

"1단계 미션에 도전하시게 된 여러분 모두 진심으로 환영합니다. 지금부터 여러분은 1단계 미션을 수행하셔야 합니다. 퀴즈쇼를 할 건데요. 어떤 팀이 먼저 도전하시겠습니까?"

한수팀과 서현팀이 서로를 바라봤다.

고민 끝에 먼저 나선 건 한수 팀이었다.

"그럼 문제를 드리겠습니다."

FD가 돌돌 말린 두루마기를 내밀었다.

한수가 두루마기를 받아들었다.

FD가 한수를 보며 말했다.

"여기 앞으로 나와 주세요. 이제부터 한수 씨가 문제를 출제하면 「스피드 스타」 멤버분들이 맞춰주시는 겁니다. 문제를 열 개를 맞혀야 다음 단계로 통과할 수 있습니다."

그리고 한수가 문제를 출제하기 시작했다.

한수와 관련 있는 문제들을 「스피드 스타」 멤버들이 맞춰야 하는 것이었다.

한수가 첫 번째 문제를 제출했다.

"음, 제가 런던에서 처음 버스킹할 때 가장 먼저 만난 연예인은?"

한수 팀원들이 머리를 맞대고 고민하기 시작했다.

FD가 숫자를 세었다.

"삼, 이……."

그때 유태호가 손을 번쩍 들어올렸다.

"나, 나!"

하형진이 유태호를 노려보며 말했다.

"형 만약 틀리면 한수 팬 아닌 거예요. 인정하죠?"

"……이 자식아. 네가 왜 난리인데?"

"맞잖아요. 모르죠?"

그러자 유태호가 발끈하며 대답했다.

"리암 갤러거! 맞지?"

하형진이 고개를 갸웃거렸다.

"어? 에릭 클랩튼 아니에요?"

한수가 웃으며 입을 열었다.

"태호 형이 맞췄어요. 리암 갤러거예요."

한수는 처음 「싱 앤 트립」을 찍었을 때를 떠올렸다.

그때만 해도 그런 일이 일어날 거라고는 생각지도 못했다.

런던 코벤트 가든에서 처음 버스킹을 하기 위해 라이센스를 발급받으러 갔고 그곳에서 버스킹을 시작했다.

그때만 해도 별거 없는 버스킹이 될 거라고 생각했다.

그러다가 갑작스럽게 리암 갤러거가 무대에 난입했고 한수는 그와 쉐이크쉑 버거를 먹으러 갈 수 있었다.

그리고 쉐이크쉑 버거를 먹다가 갑작스럽게 합석한 에릭 클랩튼도 만날 수 있었다.

그 이후 보다 더 가깝게 지내게 된 건 노엘 갤러거였지만 어쨌든 한수가 처음 만난 건 에릭 클랩튼이 아닌 노엘 갤러거였다.

"그래도 태호 형이 손 든 거니까 이거 맞은 거죠?"

FD가 고개를 끄덕였다.

그러자 유태호가 하형진을 쳐다보며 조롱 섞인 웃음을 흘렸다.

"쯧쯧."

"……."

그러나 하형진은 아무 말도 할 수 없었다.

자신이 틀린 건 분명한 사실이었다.

"으득, 다음 문제는 제가 맞출 거예요."

그리고 한수가 두 번째 질문을 냈다.

"음, 「자급자족 in 정글」에 출연했을 때 인도네시아 다음 강한수가 촬영하기 위해 방문한 지역은?"

"나!"

하형진이 손을 냉큼 들었다.

유태호하고 이현수가 불신 섞인 얼굴로 하형진을 쳐다봤다.

"야, 너 못 맞히는 거 아니야?"

"그럴 리가요. 근데…… 뉴질랜드 맞죠? 아닌가? 뉴칼레도니아였나?"

"뭐야, 이 형. 이 형 완전 맹탕이잖아."

이현수가 눈살을 찌푸렸다.

하형진이 머뭇거릴 때 유태호가 소곤거렸고 하형진이 냉큼 대답했다.

"뉴질랜드!"

"정답. 뉴칼레도니아는 그다음이었죠."

그 이후로도 계속해서 질문이 이어졌다.

다행히 용케도 한수 팀원들은 아슬아슬하게 정답을 맞혔고 결국 주어진 열 문제를 모두 다 맞히는 데 성공할 수 있었다.

그럴수록 부담감이 더해진 건 서현이었다.

분위기를 보아하니 자신과 관련 있는 질문이 오고갈 것 같은데 팀원들이 맞힐 수 있을지 그 점이 우려스러웠다.

상대적으로 한수에 비해 자신을 얼마나 잘 알고 있을지 걱정이었다.

그때 송지혜가 웃으며 말했다.

"걱정 마. 언니가 다 맞춰줄게."

"네, 언니. 언니만 믿어요!"

그래도 서현이 씩씩한 얼굴로 FD한테 두루마기를 받아들었다.

다행히 첫 문제는 어렵지 않은 것이었다.

무엇보다 송지혜라면 충분히 맞출 수 있는 문제였다.

"음, 첫 문제입니다. 제 생일을 맞춰주세요!"

김태군이 말끝을 흐렸다.

"……어, 서현 씨 생일이……."

이석준이 송지혜를 보며 물었다.

"지혜야, 서현 씨 생일이 언제야?"

송지혜 표정이 급격히 어두워졌다.

그녀가 머뭇거리더니 손가락을 하나둘 접어가며 헤아리기 시작했다.

"7월인 건 분명한데……."

서현의 표정이 급격히 어두워졌다.

그래도 송지혜는 바로 맞힐 거라고 생각했었다.

하지만 지금 돌아가는 상황을 보아하니 송지혜도 도통 맞출 가망이 보이질 않았다.

'언니.'

서현이 애처로운 얼굴로 송지혜를 바라봤다.

가만히 서현을 보던 한수가 안타까운 표정으로 말했다.

"완전 표정이 애처로운데요? 되게 섭섭한가 봐요."

"그럴 수밖에. 그래도 지혜는 서현 씨하고 엄청 친한 사이라고 들었거든. 근데 생일도 못 맞히고 있으니 저럴 수밖에."

유태호가 멋쩍은 얼굴로 말했다.

그러는 사이 송지혜가 손을 들었다.

하지만 표정에는 숨길 수 없는 망설임이 가득 드러나고 있었다.

역시 송지혜도 배우였다.

그녀는 찰진 연기력을 벌써부터 보이고 있었다.

그리고 송지혜가 말했다.

"7월 22일!"

서현 표정이 급격히 어두워졌다.

그때 옆에서 상황을 지켜보고 있던 FD가 서현이 말이 없자 대신 말했다.

"땡! 틀렸습니다. 정답은 7월 23일입니다."

서현 표정이 까매졌다.

FD가 입을 열었다.

"시작부터 틀리셨습니다. 김서현 씨, 계속 진행해 주세요."

"……네."

잔뜩 풀이 죽은 목소리였다. 그것도 잠시 그녀가 재차 문제를 냈다.

아직 기회는 많이 남아 있었다. 고작 첫 문제를 틀렸을 뿐이다.

그녀가 두 번째로 문제를 제출했다.

두 번째 문제도 간단했다.

"제가 이번에 영화 「버스커」에 출연하는데요. 한수 씨의 배역 이름은 김형준인데 제 배역 이름은 무엇일까요?"

서현이 콩닥콩닥거리는 가슴을 억지로 가라앉혔다.

그래도 출연자들 모두 두 사람이 출연한다는 걸 사전에 전해 들었을 게 분명했다.

그렇다면 자신의 배역 이름도 알 게 분명했다.

하지만 다들 머뭇거리는 게 보였다.

서현은 그 순간 눈물이 핑 돌 거 같았다.

아까 방송 시작 전부터 지금까지 계속해서 자신만 소외당하는 것 같았기 때문이다.

그렇지만 서현은 그런데도 불구하고 프로답게 열심히 방송을 소화했다.

하지만 누구도 서현이 내는 퀴즈의 정답을 맞히질 못했다.

정말 쉬운 질문인데도 불구하고 못 맞추는 경우도 있었다.

그러자 서현이 급작스럽게 방송을 멈췄다.

"죄송한데 저 잠시만요."

"예?"

"아, 잠시 화장 좀 고칠게요. 죄송해요."

서현은 고개를 꾸벅 숙여 보인 뒤 부리나케 사라졌다.

그녀가 뛰쳐 들어간 곳은 화장실이었다.

그녀가 화장실로 뛰어 들어가고 나머지 사람들이 한곳에 모였다.

"이거 일이 너무 커져 버렸는데요?"

"이러다가 서현 씨는 촬영 못 한다고 하면 어떻게 하죠?"

"생각했던 것보다 더 심각해졌는데……."

다들 당혹스러워하고 있었다.

서현의 반응이 생각했던 것 이상이었다.

이러다가 촬영이 펑크나도 무방한 상태였다.

어떻게 해야 하나 발을 동동 구르던 도중 유태호가 한수를 보며 말했다.

"한수야, 그래도 네가 어떻게 한번 달래보는 게 낫지 않겠냐?"

"제가요?"

한수도 몰래카메라에 함께 가담한 죄가 있었다.

하형진과 김태군, 이현수도 한수를 부추겼다.

"그래. 너밖에 없어. 그래도 서현이가 네가 위로하면 받아들여줄 거야."

"……예, 그게."

한수가 머뭇거렸다.

이 상황에 서현한테 무슨 말을 하란 것인가?

어쩌면 그녀는 이미 대성통곡 중일지도 몰랐다. 그렇지만 어쩔 수 없었다.

촬영 시간은 한정되어 있었고 누가 총대를 메야 했다.

한수는 슬쩍 여자 화장실로 향했다.

그녀가 화장실로 들어간 뒤 송지혜가 곧장 화장실로 뛰어 들어갔었다.

그리고 두 사람은 아직도 나오질 않고 있었다.

한수가 조심스럽게 입을 열었다.

"서현아, 지혜 누나. 아직 안에 있어요?"

"……응. 곧 나갈 거야. 괜찮아."

지혜 말에 한수는 한결 마음을 놓을 수 있었다.

그리고 얼마 지나지 않아 지혜가 서현을 데리고 나왔다.

서현은 울었는지 눈 밑이 촉촉했다. 화장도 살짝 지워진 상태였다.

서현의 코디가 다가와서 다시 그녀의 메이크업을 수정했다.

그리고 나서 촬영이 재차 이어졌다.

하지만 여전히 서현 팀원들은 서현이 내는 문제의 정답을 하나도 맞히지 못하고 있었다.

결국 서현이 주저앉은 채 눈물을 터뜨렸다.

그녀가 울고 나서야 멤버들이 황급히 서현에게 다가갔다.

자신 때문에 1단계도 통과하지 못하고 있다는 생각에 엄청난 부담감이 밀려든 듯 서현은 쉽게 진정되지 못하고 있었다.

송지혜가 애써 그녀를 달랬다.

그리고 뒤늦게 몰래카메라인 것을 알렸다.

서현이 그제야 어떻게 된 건지 지금 상황을 깨달을 수 있었다.

그녀의 표정이 일그러졌다.

그녀가 눈물을 흘리면서도 잔뜩 구겨진 얼굴로 소리쳤다.

"뭐야! 그럼 여태 일부러 안 맞힌 거였어요?"

"미안, 미안. 장난이었어. 내가 너 생일이 7월 23일인 걸 모를 리가 없잖아."

"……언니!"

서현이 목소리를 높였다.

정말 억울한 게 적지 않게 쌓여 있던 모양이다.

그도 그럴 것이 한수가 낸 문제는 열 문제 모두 맞혔는데 정작 자신이 낸 문제는 전부 다 틀렸기 때문이다.

그렇다고 한수가 낸 문제가 쉬웠던 것도 아니다.

상대적으로 한수가 낸 문제보다 자신이 낸 문제가 더 쉬웠다.

조금이라도 관심이 있다면 알 법한 그런 내용뿐이었다.

결국 그렇게 몰래카메라는 서현이 눈물을 펑펑 쏟는 것으로 끝이 났다.

그리고 다시 정상적으로 미션이 이어졌다.

2단계, 3단계 미션이 차곡차곡 진행됐고 승리를 거머쥔 건 한수 팀이었다.

그러나 아직 끝난 건 아니었다.
승리를 거머쥐게 되면서 한수 팀은 한 번의 추가 기회를 얻었다.
반면에 서현 팀은 생명이 단 하나뿐이었다.
그래도 얼마든지 반전은 있었다.
아직 미션은 완전히 끝난 게 아니었다.
두 번의 미션을 더 수행한 뒤 저녁 무렵 「스피드 스타」의 전매특허라고 할 수 있는 추격전을 진행할 예정이었기 때문이다.
추격전은 늦은 저녁 무렵 NC CUBE에서 이루어질 예정이었다.
그러는 사이 미션을 진행하느라 슬슬 시간이 열 시를 향해 가고 있었다.
이제 스퀘어원도 곧 오픈할 시간이 되어가고 있었다.
스퀘어원이 문을 여는 시간은 10시 30분.
그동안 그들은 점심 식사를 먹기 위해 인근 레스토랑으로 향했다.
두 번째 미션을 수행할 겸 배를 채우기 위해서였다.
그리고 레스토랑에 도착했을 때 그들에게 미션이 주어졌다.
그리고 미션을 받아든 순간 그들 모두 인상을 찡그렸다.
미션이 너무 어려웠기 때문이다.
그러나 미션을 본 순간 한수는 입가에 미소를 그렸다.

그에게는 생각보다 어려운 미션이 아니었다.

미션은 레스토랑이 내오는 음식 속 재료를 알아맞히는 것이었다.

그리고 한수에게는 「퀴진 TV」를 통해 확보한 절대미각이 있었다.

to be continued